POI

VIVRE

UNE COLLECTION D'ÉPANOUISSEMENT INTÉRIEUR
Dirigée par Anne Ducrocq

On naît, on grandit, on vit, on prend des coups, on s'étonne. On esquive, on mûrit, on guérit, on avance. Et parce que la vie est la vie et qu'elle nous veut du bien, on rencontre sur le chemin des livres de sagesse et d'épanouissement intérieur: on y apprend à respirer avec le cœur; la vie s'y faufile, vaste et libre, toujours en train de commencer.
Car il ne suffit pas d'être né, il faut renaître à l'essentiel.

Des histoires personnelles aux expériences universelles, de la foi au combat spirituel, des épreuves à l'amour, des blessures à la fin de vie,

tout est à vivre.

A. D.

André Charbonnier pourrait être qualifié de self-made man de l'accompagnement. Réfractaire aux enseignements institutionnels, il dit ne conserver pratiquement aucun souvenir de ses années d'école. Tour à tour éducateur spécialisé, responsable de formation, puis directeur d'un centre de formation et coach de dirigeants d'entreprise, il apprend des professionnels qu'il côtoie, de ses lectures et de ses expériences. Dans le même temps, il travaille sur lui-même pour traverser un profond malaise qui le ronge. De la fusion de ces deux vecteurs naîtra sa théorie sur la place des peurs dans la souffrance humaine qu'il appliquera en créant une technique originale de libération des peurs, avec laquelle il obtient des résultats saisissants, tant au niveau de la portée que de la rapidité.

André Charbonnier

PLUS DE PEURS QUE DE MAL

Préface de Frédéric Lenoir

Points

Citation page 7
Frank Herbert, « La litanie contre la peur », in *Dune* © Éditions Robert Laffont, 1970, 1972.

Citation page 11
Romain Gary (Émile Ajar), *La Vie devant soi* © Mercure de France, 1975.

Citation page 19
Eckhart Tolle, *Le Pouvoir du moment présent : guide d'éveil spirituel* (traduit par Annie J. Ollivier) © Éditions Ariane.

Citation page 149
Frédéric Lenoir, *Cœur de cristal* © Éditions Robert Laffont, 2014.

ISBN 978-2-7578-5923-0

© Points, 2016

Je ne connaîtrai pas la peur, car la peur tue l'esprit. La peur est la petite mort qui conduit à l'oblitération totale. J'affronterai ma peur. Je lui permettrai de passer sur moi, au travers de moi. Et lorsqu'elle sera passée, je tournerai mon œil intérieur sur son chemin. Et là où elle sera passée, il n'y aura plus rien. Rien que moi.

Frank HERBERT,
« La litanie contre la peur », *Dune*

Préface de Frédéric Lenoir

De la peur à l'amour

Dans mon roman *L'Oracle della Luna*, j'écrivais cette phrase : « Tout le chemin de la vie, c'est de passer de la peur à l'amour. » La peur, je l'ai ressentie très tôt à travers des cauchemars qui me terrorisaient, mais à travers aussi une peur du noir qui me faisait dormir avec une petite lampe toujours allumée. Adolescent, d'autres peurs ont surgi : celle d'être rejeté par les femmes dont je tombais amoureux et celle de ne pas être à la hauteur et de décevoir mon père. Jeune adulte, des angoisses et des phobies sont apparues : claustrophobie et vertige (peur de chuter). Toutes ces peurs entravaient ma vie professionnelle et affective et empêchaient la joie de jaillir. J'ai donc décidé d'entamer un parcours thérapeutique qui m'a conduit de la psychanalyse à l'EMDR, en passant par la méthode Vittoz et la gestalt-thérapie. Grâce à ce long chemin de lucidité et de transformation de mes émotions, les angoisses et la plupart des peurs ont disparu. Au fur et à mesure de leur effacement, je sentais au contraire mon cœur de plus en plus confiant, aimant, joyeux. J'ai alors réalisé combien les peurs étaient le principal obstacle à notre épanouissement. Mais d'où viennent-elles ? À quels besoins vitaux répondent-elles ? Comment s'en libérer ? Le livre d'André Charbonnier propose une vision pertinente et libératrice de l'être humain qui répond fort bien à ces interrogations. L'auteur explique en effet dans cet ouvrage, à la fois simple et profond, comment il a découvert que toutes les peurs que nous éprouvons de manière disproportionnée ou inadéquate répondent à une mission bien précise et reposent fondamentalement sur une illusion. Il explique ensuite comment s'en libérer. « Entre nous et le bonheur, il n'y a que nos peurs », nous dit André Charbonnier. C'est si vrai !

Novembre 2015

Préambule

En 1965, j'avais neuf ans. La peur du « Boche » existait toujours et les bandes dessinées que je dévorais faisaient leurs choux gras des histoires de la Seconde Guerre mondiale. Vingt ans après l'armistice, on ne se lassait pas de la sentence « Encore une que les Boches n'auront pas » au moment de verser les dernières gouttes d'une bouteille de vin. Lorsque la peur du voisin d'outre-Rhin s'en est allée, les Allemands ont été remplacés par les Italiens, puis par les Portugais. Et ainsi de suite. Aujourd'hui, nous avons peur de l'islam. Demain, qui sait ? Une peur chasse l'autre. Lorsqu'une peur s'étiole, une autre prend sa place. On dit souvent qu'un peuple a besoin d'un bouc émissaire, d'un ennemi commun pour se fédérer. Le film *Independence Day*, de Roland Emmerich, en est une parfaite illustration et le scénario ressemble à s'y méprendre à la réalité : l'humanité, attaquée par les extra-terrestres, s'unit enfin pour faire front.

Nous baignons dans des peurs qui, si elles sont person-nelles, sont partagées au niveau collectif. Elles nous escortent tout au long de notre vie, de la peur du noir à celle du terrorisme, en passant par la peur d'être licencié, de grossir, de contracter le sida ou le H5N1, de rater son bac ou son mariage.

Aussi loin que nous remontions dans l'Antiquité, les peurs sont présentes. Dans la mythologie, le dieu Pan, déjà, effrayait de sa voix terrible les promeneurs jusqu'à parfois les tuer (d'où l'expression de « peur panique »). En Papouasie-Nouvelle-Guinée, les habitants des îles Tro-briand, eux, craignaient les forces qui déclenchent la tem-pête : afin d'apaiser leur colère, ils leur offraient la vie de leurs enfants. Combien de rituels, combien de sacrifices furent accomplis de par le monde pour conjurer la peur ? Les peurs collectives sont inscrites en nous depuis si long-temps que nous les avons intégrées comme étant naturelles, telle une composante intrinsèque de l'être humain. Nous les trouvons normales.

Les peurs du chômage, de la maladie, de l'échec relèveraient-elles, elles aussi, de l'inéluctable ? Vivent-elles en nous, à l'image des bactéries dans notre intestin [1], accomplissant leurs tâches sans que nous n'ayons voix au chapitre ? N'aurions-nous pas d'autre solution que de subir ?

Dès qu'un événement déclencheur survient, un point d'ancrage est créé, comme lors des attentats du 11 septembre 2001 à New York ou du 13 novembre 2015 à Paris. La peur se déploie alors, envahissant tout de son immonde effluve. Que la crise économique advienne, et hop ! la crainte du chômage apparaît. Aujourd'hui, il est manifeste que ce sont les médias qui nous informent du point d'ancrage... À moins que, disons les choses comme elles sont, ils le créent pour les besoins de l'audimat, car l'information, gouvernée par la nécessité de capter le plus grand nombre, doit se révéler spectaculaire et dramatique. Elle fait ainsi écho en nous à la fascination pour ce qui fait peur, de la peur du loup à celle des films d'horreur. Il y a en effet parfois jusqu'à une certaine forme d'attirance pour le morbide. Qui n'a jamais ralenti au passage d'un accident « juste pour voir » ?

La peur existerait-elle en nous de façon latente ? Possédons-nous une sorte de récepteur ? Sommes-nous d'emblée disponibles ? Une fois l'alerte lancée par les médias, la peur apparaîtrait comme par magie. Il n'y aurait plus ensuite qu'à la partager (« Es-tu informé de ce qui s'est passé, c'est terrible !? ») pour vérifier sa présence en l'autre, comme une

---

1. L'intestin humain héberge 100 000 milliards de bactéries qui contribuent à la digestion des aliments.

invitation à s'apeurer ensemble, lui permettant ainsi d'enfler et d'asseoir son règne. Nous vivons comme immergés dans ces peurs et, à l'image du poisson qui ignore vivre dans l'eau, nous la subissons sans même avoir l'idée de nous interroger sur son inexorabilité.

Chacun fait au mieux de ses possibilités selon son niveau de conscience. Or, qu'est-ce que la conscience, sinon une capacité à interroger ses propres croyances ? Les plus de quarante ans se souviennent de cette idée, répandue dans leur enfance, qu'il fallait attendre trois heures après le repas avant de se baigner. Ils risquaient, sinon, d'en mourir, tout le monde en était persuadé. Les parents croyaient dur comme fer au bien-fondé de ce credo de malheur, bien que cela ne reposât sur rien de scientifique. On s'aperçoit *a posteriori* que l'on a obéi sans penser par soi-même, sans interroger la croyance ambiante. Peu de personnes en réalité possèdent la faculté de remettre en cause ce qui est établi, et ceux qui le font sont le plus souvent mis au ban de la société. C'est ce constat qui a conduit André Gide à énoncer que « le monde ne sera sauvé, s'il peut l'être, que par des insoumis ».

J'ai personnellement bénéficié de cette capacité à interroger chaque chose, de remettre en cause les modèles, et ce fut une véritable chance à mes yeux. La vie m'a en effet projeté hors du système de pensée globale. J'ai été renvoyé du lycée à l'âge de dix-sept ans, ce qui m'a d'emblée empêché de suivre un cursus classique. Il m'était par ailleurs interdit d'apprendre de façon traditionnelle (j'expliquerai plus loin par quel mécanisme le mental impose ce genre de proscription), ce qui m'a conduit à papillonner pour me bâtir une représentation du monde et, surtout, de l'être humain.

J'ai visité les « chapelles », de la psychanalyse à l'analyse transactionnelle[1], en passant par les thérapies brèves et la systémique[2], j'ai intégré ce qui me semblait utile, rejeté ce qui me semblait improductif, découvert la spiritualité qui m'a ouvert la porte de la connaissance et de la compréhension du mental. M'abreuvant à chacun des modèles, sans pour autant m'identifier à eux, j'ai mesuré leur pertinence, m'étonnant qu'ils s'excluent mutuellement. Plus ma représentation de l'être humain se complexifiait, plus j'interrogeais les fondements dans lesquels s'ancrait la compréhension des peurs. Ma capacité à remettre en cause et à comprendre par moi-même s'affinait, se renforçait… C'est ainsi qu'un jour, après un long voyage et une longue errance, j'ai pris conscience que ma propre vie se fondait sur des peurs.

J'ai construit ma vie sur la peur d'être rejeté. Encore aujourd'hui, je reste incrédule et émerveillé devant les stratégies que mon mental a élaborées au quotidien pour éviter de s'y confronter : en premier lieu, ne jamais, jamais, marquer nettement mon désaccord. Ensuite, ne jamais poser directement et simplement la question « Est-ce que tu m'aimes ? » car une réponse négative signerait instantanément le rejet…

---

1. Théorie de la personnalité et de la communication où les échanges relationnels sont nommés « transactions ».
2. En psychologie sociale, la systémique analyse les relations entre les personnes en tant que systèmes.

Au contraire, tout mettre en œuvre pour me faire aimer. Me sacrifier, plaire, rendre service, prétendre au rôle de héraut du groupe pour en devenir le héros. Qu'un professeur fasse preuve d'injustice collective et me voilà porte-drapeau de la classe : quelle cible magnifique pour tirer la flèche du héros ! Hélas, parvenu devant lui après avoir réveillé l'âme révolutionnaire de mes camarades, je dégrise subitement : il n'y a plus personne derrière moi, *et* je suis rejeté par l'enseignant.

J'ai ainsi cheminé, jouant des rôles pour qu'une place me soit attribuée, ménageant la chèvre et le chou… et ne récoltant jamais rien puisque je ne m'affirmais pas à titre personnel. Je croyais être au monde quand je ne parvenais qu'à mimer la vie. Une insécurité latente me nouait les tripes, me minait dans la plus totale inconscience, se camouflant derrière un humour forcené.

Bien que je fusse éducateur spécialisé, et donc dans une sécurité d'emploi parfaitement établie, je fantasmais sur un poste de chercheur au CNRS, archétype à mes yeux de l'activité parfaite : se creuser les méninges et élever le niveau de l'humanité, avec l'assurance d'un bon salaire.

En réalité, je cherchais simplement « ailleurs qu'ici », dérivant dans d'incessantes rêveries, totalement inconscient qu'une peur tapie dictait sa loi. Je croyais avancer « en direction de », alors que j'étais « poussé par ». J'étais malheureux sans le reconnaître. Une souffrance inconnue me rongeait, mais je clamais que tout fonctionnait parfaitement pour moi. J'en aurais mis ma tête sur le billot. Je jouais mon propre personnage : réfléchi, posé, drôle. Que d'années passées ensuite pour déconstruire, fissurer cette image. Que d'années passées à m'écrouler, pour admettre finalement que je n'étais pas *en train* de m'écrouler car, à la vérité, jamais je ne m'étais levé. Tant d'années à quêter l'amour pour finalement découvrir une peur. Ah, que n'ai-je plutôt, et plus tôt, investigué du côté de la peur ?

J'avais pourtant toujours éprouvé une curiosité fascinante pour les peurs qui animaient les autres. J'enfonçais des portes ouvertes : si le travail déclenchait la crainte du chômage, pourquoi tout le monde n'était-il pas affligé de cette terreur ? Si les araignées provoquaient une frayeur extrême, pourquoi certains étaient-ils épargnés ? Tous les modèles psychologiques avaient déjà répondu à ces questions et, pourtant, je sentais intuitivement qu'un trésor me restait caché.

L'idée que nous subissons nos peurs me dérangeait. Il m'était évident qu'un enfant attaqué par un chien créait lui-même la phobie de ces animaux. Mais alors, comment et pour quelle raison une peur extérieure viendrait-elle se déposer en moi sans que je ne l'aie jamais expérimentée (ainsi, pourquoi avoir peur du loup ?) ?

Un jour, je poussai un « Eurêka ! » : et si c'était exactement l'inverse ? Si les peurs collectives n'existaient qu'en écho aux peurs intérieures ? Si tel était le cas, nous hébergerions des peurs à l'état larvé qui ne prendraient forme qu'à l'aide d'un déclencheur extérieur. De même que les fonctions du corps correspondent à des nécessités et une mécanique définie (par exemple, il existe une raison précise à l'existence d'acide dans notre estomac), la présence de peurs relèverait-elle d'un besoin ? Un chemin s'ouvrait devant moi, je l'ai suivi. À contre-courant. *J'ai compris pendant ce voyage que nos peurs répondaient à des besoins très précis.*

J'ai découvert que les peurs irrationnelles, ces frayeurs que nous éprouvons de façon disproportionnée ou inadéquate, ont une mission particulière : nous sauver la vie. J'ai compris alors que toutes, absolument toutes les peurs irrationnelles reposent sur une illusion.

En effectuant ce travail sur moi-même, j'ai accompli un pas de géant : j'ai réalisé qu'une fois trouvée la raison d'être d'une peur, il devient possible de la libérer de sa charge.

Aujourd'hui, je n'ai plus peur de l'échec, plus peur d'être rejeté… Non plus que des islamistes, des tempêtes, de la crise, du chômage. Je suis libre.

M'étant libéré, j'ai profité de cette découverte pour l'associer à mes expériences d'accompagnant (j'ai commencé ce chemin en tant qu'éducateur spécialisé, évoluant vers la formation et le conseil, puis le coaching de dirigeants) et j'ai créé une technique inédite de libération des peurs. Tous les exemples cités dans cet ouvrage sont issus d'expériences vécues par des personnes que j'ai accompagnées au moyen de cette méthode.

Je l'ai vérifié avec chacune d'entre elles : plus nos peurs se dissolvent, plus la joie se déploie, plus la vie devient simple et merveilleuse. Plus nous comprenons qu'entre nous et le bonheur, il n'y a que des peurs.

I

LA MÉCANIQUE DE L'HUMAIN

La plus grande partie de la souffrance humaine est inutile. On se l'inflige à soi-même aussi longtemps que, à son insu, on laisse le mental prendre le contrôle de sa vie.

Eckhart TOLLE

L'homme a toujours voulu expliquer le monde. Plus encore, il a cherché à comprendre l'être humain et sa nature, son fonctionnement, son mécanisme. Pour cela, il s'est formé des images, des modèles, des moyens de manipuler mentalement une créature incroyablement complexe. Obnubilé par sa soif de vérité, l'homme a exploré différentes voies, descendant de plus en plus profondément dans des puits de plus en plus étroits, présentant chaque fois des visions parcellaires en prétendant nommer le tout.

Cela semble particulièrement vrai pour ce qui concerne la compréhension du fonctionnement psychique. De tout temps, les « médecins de l'âme » ont tenté de guérir leurs patients en utilisant des modèles présentés comme des vérités. Ainsi se sont construites des « chapelles ». D'un côté, la psychanalyse, la PNL[1], l'analyse transactionnelle, les constellations familiales,

---

1. Programmation neuro-linguistique. Ensemble de techniques de communication et de transformation du comportement qui privilégient le comment au

l'analyse systémique, les thérapies brèves… D'un autre côté, les approches énergétiques, comme la kinésiologie[1], le reiki[2] ou le magnétisme[3]. Ou encore les voies dites spirituelles…

Chacun a découvert *la* solution. Une vérité devient un dogme à explorer et devant être observé absolument par les pratiquants.

Cela conduit à penser les choses en termes de vrai ou faux. Mais alors, avec tant de vérités, pour quelles raisons les peurs continuent-elles aujourd'hui d'imposer leur loi ? Pourquoi la paix déserte-t-elle encore le cœur des hommes ? Pourquoi, après des années de psychanalyse, de méditation, de thérapie, de consultations familiales… le mal-être et la frustration sont-ils toujours présents ?

Et si la solution se trouvait dans l'énoncé du problème ? Et si la recherche de la vérité en tenait l'homme éloigné ? Et si la nature de l'homme était un mystère insondable ? L'anthropologue américain Carlos Castaneda ne disait-il pas que « nous devons essayer de déchiffrer le mystère sans avoir le plus petit espoir d'y parvenir » ?

Si la nature de l'homme est impénétrable, ne devrions-nous pas faire le deuil de la vérité et nous concentrer sur

---

pourquoi. À partir d'une grille d'observation, elle permet de programmer et de reproduire ses propres modèles de réussite.
1. Ensemble de techniques de gestion du stress et des émotions qui utilisent des tests musculaires pour dénouer des blocages énergétiques.
2. Méthode de soins énergétiques basée sur l'imposition des mains et l'utilisation de symboles ésotériques.
3. Utilisation d'un don pour mobiliser un fluide magnétique dans les mains à des fins de soulagement ou de guérison de maladies ou de maux.

le but à atteindre, à savoir la guérison des peurs et le bonheur ? La seule question ne serait plus alors « Est-ce que mon analyse est vraie ? » mais « Est-ce que ma solution fonctionne ? ».

Débarrassons-nous de l'obsession de la vérité et concentrons-nous sur l'efficacité. Pour cela, il nous faut être *simples*. Toutes les grandes créations de l'homme sont marquées du même sceau : que ce soit dans l'art, l'industrie ou la science, beauté et efficacité ont toujours rimé avec simplicité. Le naturaliste Henry Thoreau l'avait même élevée en credo : « Simplifiez, simplifiez, simplifiez. » Un portrait de Vermeer, le Post-it, les freins à disque, une fugue de Bach… Tous portent ce label.

Simplifier sa vie, sa pensée est un exercice difficile à l'homme qui a une tendance spontanée à compliquer. On croit que si des propos peuvent être compris par un enfant de huit ans, ils ne possèdent aucune valeur. J'ai fait un autre choix. Ce livre offre une représentation *simple* de la mécanique des peurs de l'homme. Elle est intelligible à un enfant (de huit ans) et *elle fonctionne*.

C'est une vision de l'être humain plus facile à utiliser et plus libératrice que la psychanalyse, et moins culpabilisante que la doctrine judéo-chrétienne. Elle est conçue de telle sorte que chacun puisse s'en saisir, que ce soit à titre individuel pour comprendre et se libérer de l'emprise de ses peurs, ou en tant que thérapeute pour enrichir une approche et une façon de travailler. Je l'ai pratiquée depuis des années sur des centaines de personnes.

1. « C'est plus fort que moi »

Je ressens un malaise en prenant la parole devant mes collègues ? C'est que je suis dans la peur. En entrant dans un magasin pour me faire rembourser un article défectueux, je ressens de l'appréhension ? Je suis dans la peur. J'ai envie de déclarer mes sentiments à un être cher, mes mains sont moites et j'hésite ? Je suis dans la peur. Je souhaite demander une augmentation à mon employeur sans pourtant oser ? Là encore, j'ai peur… La peur est notre compagne de tous les jours ; la plupart du temps, elle surgit totalement à notre insu et nous tient en son pouvoir, nous réduisant à la plus humiliante impuissance.

Vous est-il déjà arrivé de prendre le temps de vous observer ? D'entrer dans la conscience de ce que vous faites, de ce que vous dites ou de ce que vous pensez ? De soupeser les conséquences de vos actes et de vos paroles sur les autres et sur vous-même ? Vous êtes-vous déjà livré à des moments d'introspection pour comprendre ce qui a motivé tel ou tel comportement ? Vous amusez-vous parfois à tenter de retrouver l'enchaînement de vos pensées, ces fils d'associations plus ou moins mystérieux ? Vous devriez.

En vous penchant activement sur ces processus, peut-être seriez-vous surpris de découvrir que, parmi les 60 000 pensées que vous créez chaque jour, 95 % d'entre elles sont involontaires et que *la majeure partie sont négatives*.

Concrètement, en dehors d'un travail spécifique qui modifie ses tendances, l'être humain moderne émet neuf pensées négatives pour une seule pensée positive. Sans qu'il en soit réellement conscient, elles reflètent un mécontentement, une frustration, une colère, la sensation d'être agressé ; mais elles expriment aussi la timidité, le manque de confiance, un sentiment d'insécurité, une irritation, une honte, un agacement, une exaspération. Ou encore la culpabilité, la perte de contrôle, les conflits, le sentiment d'échec, la dévalorisation… La liste est longue, très longue. Oui, toutes ces émotions sont négatives. La négativité est notre pain quotidien.

Le plus remarquable dans ce fonctionnement d'*a priori* négatifs est certainement son caractère involontaire. « C'est plus fort que moi » : c'est comme si nous n'avions aucune emprise sur le mécanisme, comme si ces pensées s'imposaient de façon impérieuse, presque sournoise. Et pourtant, tout le monde préfère être positif que négatif, aller bien plutôt que mal. Chacun veut être heureux et personne n'aime souffrir. Cependant, cette négativité est bien créée par nous-mêmes. Nous nous éloignons de notre bonheur en étant la plupart du temps totalement inconscients que c'est tout à fait… volontaire !

2. Un bain de peurs

Le processus est insidieux. Il s'explique par la présence de peurs tapies derrière la plupart de nos pensées, de nos paroles ou de nos actions. Un très grand nombre d'entre elles nous inhibent, voire nous entravent. Certaines handicapent même lourdement lorsqu'elles deviennent des phobies comme la peur des transports, la peur de la foule ou les troubles obsessionnels compulsifs (TOC).

Qu'elles soient toujours à l'origine de réactions contraires au bonheur est incontestable : peur du conflit, peur d'être jugé, peur d'être rejeté, peur de l'inconnu, peur de s'affirmer, peur de perdre le contrôle, peur d'aimer, peur d'être aimé, peur d'échouer, peur de réussir, peur d'être trahi, peur d'être abandonné, peur de manquer, peur de l'insécurité, peur de n'être pas reconnu, peur de déranger, peur de s'engager, peur de ne pas mériter, peur de ne pas être à la hauteur, peur d'avoir honte, peur d'exprimer ses besoins, peur d'être impuissant, peur d'être démasqué…

À supposer que l'objectif de notre vie soit le bonheur, et que nous soyons conscients de chacune de nos pensées, de nos paroles et de nos actions, nous pourrions à chaque instant nous poser la question : « À ce moment précis, suis-je en train de me rapprocher de mon bonheur ou en train de m'en éloigner ? » Nous réaliserions que neuf fois sur dix nous nous en éloignons et que chaque fois cet éloignement est causé par une peur. Mais le plus terrible n'est peut-être pas là ; le plus terrible, c'est qu'il est établi que 95 % de nos peurs ne se réalisent jamais[1] !

---

1. Le même ratio qu'entre les pensées volontaires et involontaires, les pensées positives et négatives…

Cela s'explique par le fait que cohabitent en nous deux natures différentes de peurs.

- Celles que nous ressentons face à un danger réel : nous sommes attaqués par un chien, une voiture fonce sur nous, les freins de notre vélo lâchent, etc. Le danger est tangible et nous devons y faire face très concrètement.

- Celles que nous ressentons face à un danger illusoire : quel danger y a-t-il à déclarer à quelqu'un que nous l'aimons ? Que risquons-nous en demandant le remboursement d'un article ? Notre employeur va-t-il nous licencier si nous demandons une augmentation ? Non, bien sûr. *Le danger n'est pas à l'extérieur de nous, il est à l'intérieur.* C'est pour cette raison que l'on nomme ces peurs des peurs irrationnelles car elles ne reposent sur rien de palpable. Nous sommes ainsi tenus éloignés du bonheur par des peurs signalant des dangers qui ne se manifesteront jamais ailleurs que dans notre mental.

3. Un organe immatériel

Longtemps, le mot « mental » était un adjectif dont le *Littré* donne cette définition : « qui se fait dans l'esprit, qui a trait à l'entendement ». Plus récemment, il est devenu un nom, notamment par le biais des sportifs qui l'utilisent dans une expression devenue populaire : « posséder un mental d'acier ». Il est décrit comme un ensemble de caractéristiques ou de capacités : la concentration, la motivation, le contrôle du stress, la connaissance de ses points faibles ou de ses points forts, la possibilité de rebondir sur ses échecs, etc.

Le sport nous offre une multitude d'exemples où le mental devient l'allié ou l'ennemi. C'est ainsi qu'Henri Leconte passe complètement à côté de la finale du tournoi de tennis de Roland-Garros contre Mats Wilander en 1988. Par contre, il est complètement transcendé dans sa victoire en coupe Davis en 1991. Il gagne alors contre Pete Sampras, n° 6 mondial à l'époque, alors que lui-même est tombé à la 159e place…

Les capacités du mental sont également reconnues et cultivées dans l'entreprise où l'on repère et valorise celui qui possède un mental de gagnant. Ce dernier possède des facilités pour se concentrer sur un objectif et élaborer les stratégies qui vont lui permettre de l'atteindre. Hélas, c'est le plus souvent au détriment des autres domaines de sa vie : loisirs, famille… Utiliser le mental pour se concentrer sur un élément précis implique que les éléments adjacents disparaissent de la conscience. Viser la réussite avec un rayon laser efface l'altruisme, la fidélité, l'amitié… En plaçant la focale sur la réussite professionnelle, le mental se révèle un allié dans ce registre… mais l'ennemi de la famille ou des amis.

Dans tous les cas, le mental est défini en tant que fonction. En dehors de ce qu'il permet ou pas, on ne trouve nulle part de description concrète de ce qu'il est, de ce qui le compose. Cela est dû à notre tendance à nous attacher presque exclusivement à l'aspect matériel et mesurable des choses. Notre société a choisi de décrire le monde à partir de la pensée de

Newton et de Descartes. Ce cartésianisme conduit à penser qu'une chose existe si on peut la mesurer. C'est la raison pour laquelle notre science peine tant à décrire ce qui est immatériel ; il est en effet impossible d'observer au microscope un sentiment, une émotion... ou le mental.

Le mental est un organe immatériel. Pour mieux en saisir l'idée, il est nécessaire de connaître l'existence des corps subtils. Identifiés depuis des temps immémoriaux par la médecine et la spiritualité orientales, les corps subtils sont un champ énergétique ; ils entourent le corps humain de différentes couches, à la façon des poupées russes, et forment ce que l'on nomme l'aura. Au plus près du corps physique, on trouve le corps éthérique, puis le corps émotionnel, le corps mental et d'autres encore qui sont souvent regroupés sous l'appellation de « corps spirituels ».

Cette idée est difficile à intégrer en Occident, et pour preuve il suffit de consulter sur Internet l'encyclopédie Wikipédia, qui, par son aspect collaboratif, représente une forme de pensée majoritaire : en entrant « corps subtils » dans le champ de recherche, nous découvrons que « la notion de corps subtils et d'énergie subtile n'est pas scientifiquement reconnue. La médecine traditionnelle chinoise et particulièrement l'acupuncture sont fondées sur l'hypothèse de leur existence ». Pas scientifiquement reconnue !? La médecine chinoise est riche de plus de trois mille ans d'expérience, mais ce ne serait pas une science ! Nous affrontons encore et toujours l'impossibilité d'interroger un système tant que nous baignons dedans.

La première chose que j'ai accomplie pour établir mon modèle du fonctionnement de l'être humain a été de prendre le contre-pied de la science officielle qui situe le siège de la conscience dans le cerveau. L'organe du mental se situe dans notre corps mental. Il n'existe pas plus de souvenirs dans notre cerveau qu'il n'y a de personnages *dans* la télévision. *Le cerveau est un relais.* Le mental lui adresse des messages qui sont relayés sous la forme de pensées.

Comme bien souvent, la « science » occidentale valide progressivement les savoirs de la spiritualité, ainsi qu'en témoignent les travaux menés par Robert Schafer et Tirin Moore[1]. Ces deux chercheurs au département de neurobiologie de l'université Stanford ont démontré que la volonté peut modifier le cerveau lui-même… Mais alors, *qui* modifie ? Dans aucune partie du corps un organe ne se modifie lui-même. La commande provient toujours de l'extérieur (ainsi, ce n'est pas le cœur qui décide d'accélérer ses battements, ni la plaie qui envoie les globules blancs attaquer les bactéries) ; en conséquence, la volonté est extérieure au cerveau.

De la même façon, le fait que certaines parties du cerveau deviennent actives corrélativement à l'activité de la personne ne démontre rien. Pour reprendre ce parallèle, les parties de l'écran du téléviseur s'activent aussi en fonction de l'image qui se présente, sans pour autant que celui-ci soit à l'origine de l'émission.

---

1. « Selective Attention from Voluntary Control of Neurons in Prefrontal Cortex », *Science*, 24 juin 2011.

Voici donc posée la première pierre : le cerveau est un relais qui transmet des informations, véritable interface entre le monde extérieur et le mental. Deux missions sont confiées à ce dernier : nommer le monde et assurer notre survie.

4. Nommer le monde

En 2013, le supercalculateur japonais K (capable de 10 millions de milliards de calculs par seconde) a été programmé pour simuler l'équivalent de 1 % d'un cerveau humain et il lui a fallu 40 minutes pour reproduire une seconde d'activité cérébrale. Pour cela, la machine utilisait 82 944 processeurs, soit l'équivalent de 250 000 ordinateurs de bureau[1]. On le sait et on le vérifie, l'être humain est une gigantesque mécanique d'une élaboration sans pareille. Nous sommes tellement habitués à utiliser cette merveille que nous en oublions l'aspect prodigieux, et pourtant, rien que le fait de regarder une pomme et de la nommer « pomme » est un miracle en soi.

Le mental nomme chaque chose qui l'entoure. D'un point de vue scientifique, sociologique, philosophique, etc., l'être humain a passé son temps à nommer le monde, à tenter d'attribuer un sens aux éléments qu'il rencontrait et assemblait de façon de plus en plus complexe (la vie était beaucoup plus simple pour un chasseur-cueilleur que pour l'homme d'aujourd'hui cherchant un emploi, un logement, payant ses impôts…).

---

1. Tim Hornyak, in *Revue CNET*, 5 août 2013.

En tant qu'organe immatériel, le mental est une gigantesque base de données qui se crée elle-même ; en tant que fonction, il puise dans cette banque de données pour échafauder une conduite face à toute situation. C'est la première mission du mental : permettre d'être au monde.

Le disque dur

Nous manquons de mots pour décrire l'immatériel. Le moyen le plus simple d'appréhender le mental est de le considérer comme un disque dur d'ordinateur. C'est en effet ce dont il se rapproche le plus dans sa conception et son fonctionnement... Et cela permet de se le représenter concrètement.

Au début de la vie, ce disque dur est vierge. Un nourrisson ne possède aucune capacité mentale, aucune motivation, aucune valeur. Ce qui va devenir un magnifique outil pour gérer la vie, qui permettra d'écrire de la poésie, de réaliser des actions hypercomplexes, commence son existence dans un processus très mécanique et finalement assez froid. Le mental se grave lui-même grâce aux stimuli que lui transmettent les cinq sens *via* le cerveau.

Comme un microsillon

La façon dont le mental se construit – se grave – est un processus similaire à celui qu'avait observé Thomas Edison lorsqu'il a inventé le phonographe. Il avait noté que les vibrations produites par un son, transmises à une aiguille qui grave les fluctuations dans un disque de cire, provoquent l'enregistrement de ce son sur le disque.

Après cela, le processus est rejoué à l'inverse : le disque tourne, transmet les fluctuations du sillon à l'aiguille qui les relaie vers une membrane qui va vibrer, rejouant le son : il suffisait d'y penser !

Un monde de pensées

Dans un premier temps, relayés par le cerveau, les stimuli transmis par les cinq sens gravent le disque dur du mental. Ils s'inscrivent sous la forme de pensées. Le mental est composé de pensées. Il est possible de l'exprimer à l'inverse pour rendre l'image plus percutante : les pensées sont le mental. En énonçant sa vérité « Je pense, donc je suis », Descartes établissait le siège de l'identité dans le mental. Est-ce à dire que le nourrisson (dont le mental n'est pas formé) ne possède pas d'identité ? Que le disque dur est l'ordinateur ? Nous allons découvrir le contraire, et c'est révolutionnaire : *lorsque je pense, JE ne suis pas !* En partant d'une compréhension et d'une analyse très mécaniques, nous aboutirons à des capacités beaucoup plus complexes, comme les techniques de méditation qui invitent à apaiser le mental pour accéder à son essence, à sa véritable identité.

Les premières pensées sont très frustes car elles ne sont pas structurées par le langage ; au début de la vie, ce sont les sensations du nourrisson qui prédominent : la faim, la soif, les câlins de maman… Les données inscrites sont encore insuffisantes pour créer un logiciel. Pour l'instant, chaque stimulus provoque une excitation électrique du cerveau qui véhicule le message vers le mental. La répétition (voir le même objet, par exemple sa tétine ou son doudou) provoque l'établissement de chemins permanents, ce qui, à terme, permet l'inscription permanente sur le disque dur : une pensée durable est née, métabolisée.

Chaque nouvelle pensée se connecte aux précédentes. Un réseau se forme, qui devient de plus en plus complexe. Ces premières pensées créent un premier dossier sur le disque dur. Il est consacré à donner un sens à l'entourage, à le nommer. À sa naissance (et déjà même *in utero*), le bébé ne possède aucune conscience de sa mère. Il est incapable de la conceptualiser, de la penser. Ce qu'il reçoit et émet, ce sont des vibrations d'amour, de tendresse, de plaisir, de satisfaction, de rejet, de frustration… Il est au stade fusion-nel, encore incapable de conceptualiser que sa mère et lui sont deux entités séparées. Pour cela, il lui faudra presque un an. Il doit aussi s'approprier son propre corps. Ces deux choses qui s'agitent devant son visage, le nourrisson ignore que ce sont ses mains. Petit à petit, il donne un sens aux sons qui sortent de la bouche de ses parents. Ils deviennent des mots. Ceux-ci orientent et structurent les pensées dans un langage. À partir de ce moment-là, il commence à nommer le monde. Pensées et langage deviennent si intriqués qu'au fur et à mesure que le langage se forme il lui devient impossible de penser en dehors de ce langage.

Une structure en dossiers

Chaque fois qu'un mot est intégré, catalogué, il devient un modèle en soi. Le bébé conceptualise la chose, en forme une représentation et peut réaliser à partir de là des diagnostics et des pronostics. Une fois qu'il a conceptualisé le mot « chat », il reconnaît le chat de la maison (diagnostic) et sait, lorsqu'il rentre chez lui, qu'il va le retrouver (pronostic).

Plus le dossier du langage s'étoffe, plus les choses prennent un sens, plus le nombre de modèles augmente. À force de complexification, le langage lui permet de manipuler des concepts (froid, chaud, gentil, danger…). Sur cette base, il crée de nouveaux dossiers qui s'organisent en arborescence. Ils sont tous reliés entre eux mais possèdent une caractéristique, une identité particulière : papa, maman, chien, dehors, voiture, nourriture… Au fur et à mesure des expériences, chaque représentation, chaque dossier se complexifie, nourrissant aussi la conceptualisation des dossiers connexes ; ainsi, le dossier « bain » nourrit immanquablement le dossier « maman » puisque celle-ci prodigue de l'amour en le donnant. Réciproquement, le dossier « bain » se teinte aussi de l'amour de maman.

En fonction du contexte, de la façon dont il est stimulé, du goût de ses parents, de leurs exigences, de leur présence, de leur amour, de leurs défaillances, la représentation du monde de l'enfant prend une tournure particulière. Les modèles adoptent une certaine couleur, se figent dans une certaine forme. Il est nécessaire qu'il en soit ainsi car, pour faire des diagnostics et des pronostics précis, *le modèle doit toujours rester le même*. Si le modèle est mouvant, le monde devient incertain, changeant. L'ensemble des modèles est semblable à une carte représentant un territoire. Si la carte change d'une fois sur l'autre lorsqu'on l'utilise, il est impossible de se repérer. « Chien » doit toujours rester « chien », « table » doit toujours rester « table ».

Pour être au monde, le mental doit figer celui-ci… Cela complique considérablement la chose car, dans notre univers, tout, absolument tout, est mouvement. L'immobilité serait le zéro absolu. À cette température (ou plutôt à cette « non-température »), la matière serait totalement arrêtée, ce qui serait en contradiction avec sa nature même puisque la vie *est* mouvement. Or, pour vivre, nous devons arrêter le monde, parce que le mental est incapable d'appréhender le mouvement. Il doit en être ainsi : si la chaise est mouvante, où s'asseoir ?

C'est comme si nous vivions dans un film mais que notre mental ne puisse appréhender qu'un arrêt sur image. Ce que nous gravons dans notre mental, ce n'est donc pas le monde, mais ce que nous en percevons dans une forme donnée. Nous le vérifions aisément : plaçons dix peintres devant un même paysage, nous obtiendrons dix vues différentes. Un paysage, dix façons de le figer. Cette unicité est précisément la puissance de l'art.

Être au monde, c'est donc figer celui-ci en une multitude de photos et chacune de celles-ci est un dossier sur le disque dur du mental.

L'identité

Chaque dossier est constitué pour modéliser le monde. Le mental devient comme une gigantesque base de données dans laquelle l'enfant puise pour nommer ce qui l'entoure. Elle devient tellement complexe qu'elle finit par former une personnalité que l'on appelle l'« ego ». Celui-ci parvient à une telle performance d'élaboration qu'il finit par se penser lui-même, c'est-à-dire que l'enfant s'identifie à ses pensées, à cette construction.

Pour le présenter autrement, lorsque nous énonçons « Je suis Alice », « Je suis Jean-Pierre », « Je suis sociable », « Je suis gourmand »… nous sommes simplement en train de nommer la façon dont nous avons modélisé le monde, *notre* modèle du monde. Nous nous identifions à nos pensées. Cela s'appelle la conscience. La conscience est la capacité à se représenter soi-même au milieu d'un environnement et à l'interroger.

Notre mental étant incapable d'appréhender le mouvement, nous avons été amenés à prendre un nombre considérable de photos pour figer la réalité. Nous assemblons ensuite ces clichés dans un certain ordre. Si nous jouons avec une série d'images, chaque fois, en fonction de l'ordre qu'on leur donne, l'ensemble raconte une histoire différente. Il en va de même avec le mental : *l'agencement choisi détermine notre personnalité.* C'est ainsi que sont déterminés les goûts et dégoûts, les affinités, le caractère, les aspirations, nos valeurs, nos jugements, nos préférences… C'est ce que les psychanalystes appellent la subjectivité, ce point de vue particulier que l'on a sur le monde.

Chaque ego, chaque personnalité est unique car c'est une combinaison résultant de millions de stimuli et de pensées figées dans un ordre particulier, chacune possédant des interactions particulières avec les autres.

Une fois créé, l'ego devient capable d'élaborer ses propres messages. Le processus de communication est désormais à double sens. Il était jusqu'alors orienté de l'extérieur vers le cerveau, puis du cerveau vers le mental. Notre cerveau captait les stimuli, et les relayait vers le mental. Il est maintenant aussi orienté du mental vers le cerveau, parce que capable d'analyser la situation et de produire la réponse adaptée. Bien entendu, les deux phénomènes progressent simultanément car, sinon, l'apprentissage cesserait... Le problème est que le chemin de communication mental / cerveau est une voie à sens unique.

Si c'est la voie « montante » qui est utilisée, du cerveau vers le mental, ce dernier est incapable d'émettre en direction du cerveau. Quelqu'un dont la main se trouve sous l'eau bouillante ne peut penser *en même temps* à la météo du week-end prochain à Quiberon. De même, il nous est impossible d'écouter *vraiment* une musique et de penser en même temps. À l'inverse, si le mental envoie des informations au cerveau, la personne est durant ce temps coupée de ses sens ! Une personne plongée dans ses pensées ne voit pas ce qui l'entoure et n'entend pas son enfant pleurer.

Soit le cerveau envoie des informations au mental sous forme de stimuli ; soit le mental envoie des informations au cerveau sous forme de pensées. Autrement dit : soit nous pensons et nous ne sommes plus au monde ; soit nous sommes au monde et nous ne pensons plus.

En réalité, ce qui crée les difficultés, c'est que la voie « du mental vers le cerveau » prédomine à 99 %, allant jusqu'à émettre alors que rien dans la situation ne le requiert : ce sont toutes ces pensées qui semblent tourner sur elles-mêmes sans aucune utilité. Avez-vous compté le nombre de pensées inutiles ou stériles que vous créez dans une journée ? Vous avez raison, n'essayez pas car elles sont bien trop nombreuses ! Ce fonctionnement empêche de se relier aux sens. Les techniques de méditation, en focalisant l'attention sur le ressenti (de sa respiration, de son corps), permettent de couper le canal « descendant » et, à force de pratique, de couper « l'envie » du mental d'émettre. Elles permettent ainsi de demeurer dans l'instant présent.

Un monde binaire

Dans le mental, chaque chose possède son opposé : le chaud et le froid, le haut et le bas, la vie et la mort, l'amour et la peur... Chaque pensée est inscrite dans cette dualité. C'est comme une barre graduée, sur laquelle un curseur se place dans une position donnée.
Nous évoluons dans un système binaire. Nous sommes extravertis ou introvertis, plutôt dans les pensées ou les

sentiments, conceptuels ou concrets, plutôt méticuleux ou désordonnés... Nos traits de caractère sont le reflet de l'agencement de ces barres graduées entre elles[1]. C'est pour cette raison que l'être humain est souvent très tranché dans ses opinions. Il se définit par rapport à des opposés (gentil / méchant) et se construit ainsi des guides dans la vie que l'on nomme des valeurs, chacune étant déterminée par son contraire : honnête / malhonnête, fidèle / infidèle... Un proverbe africain dit : « Il y a ta vérité, il y a ma vérité, il y a la vérité. » Chacun, ayant figé sa représentation dans une position donnée qui doit rester vraie, désigne *son* monde comme étant *le* monde. Chacun possède son assemblage de valeurs et attend de l'autre qu'il possède les mêmes... puisqu'à ses yeux il s'agit de LA vérité. Si nous possédons la valeur politesse et que quelqu'un à qui nous avons tenu la porte ne nous dit pas « merci », cela nous met en colère ; si nous ne disposons pas de cette valeur, cela nous indiffère[2]. À bien y regarder, tous les conflits partent de là : ma vérité est la vérité, donc tu dois la reconnaître comme telle : j'ai raison et puis c'est tout... Le premier pas vers la sagesse consiste peut-être en ceci : reconnaître la dualité comme la matrice d'un nombre infini de personnalités, dont la nôtre, qui se croit le centre du monde.

C'est pour s'extraire de cette dualité limitante que les coachs invitent toujours leurs clients à réfléchir à trois solutions :

- lorsque nous n'avons qu'une seule option, nous sommes sous l'emprise de la tyrannie (l'un ou l'autre côté de la barre graduée) ;

---

1. Les tests de personnalité s'appuient sur ces configurations pour créer des modèles qui vont nous identifier dans telle ou telle typologie.
2. Ces valeurs sont toujours relatives et rattachées à la culture, au pays... Ainsi les Japonais, dont les valeurs ont pour bases le respect et l'honneur, sont-ils effarés par l'attitude des Parisiens. Ils s'attendent à entrer dans le monde d'« Amélie Poulain » et sont confrontés à leur attitude fermée, voire à leur agressivité. Cela a été nommé le « syndrome japonais ».

- si nous en avons deux, nous sommes dans l'ambiva-
  lence (hésitation entre les deux opposés) ;
- c'est à partir de trois que nous avons vraiment le
  choix.

Une évolution progressive

Le mental est une somme de connaissances qui coexistent et négocient avec la zone de connaissances de l'environnement. L'équilibre est précaire car il repose sur un paradoxe initial : « Je dois figer mon monde. » Il s'agit donc d'intégrer des éléments nouveaux sans qu'ils détruisent la construction élaborée. Si un nouvel élément survient et la remet en cause, il doit être rejeté. La définition de Wikipédia évoquée plus haut – « La notion de corps subtils et d'énergie subtile n'est pas scientifiquement reconnue » – est typiquement un exemple de rejet d'une théorie qui remet en question le modèle établi.

La zone des connaissances du mental doit s'agrandir dans une progression « acceptable » ; c'est pour cette raison qu'un découvreur repoussant très loin la frontière des connaissances passe soit pour un génie (Einstein et son $E = mc^2$), soit pour un hérétique (Galilée et son « Et pourtant elle tourne »).

Le philosophe Schopenhauer concevait ce phénomène ainsi : « Toute vérité franchit trois étapes. D'abord, elle est ridiculisée. Ensuite, elle subit une forte opposition. Puis elle est considérée comme ayant toujours été une évidence. »

Le mental est constitué de telle manière qu'il n'accepte que les petits pas hors de la zone ; il lui faut le temps de les intégrer et cela n'est possible que si le pas à franchir n'est pas trop grand. Si cela n'est pas recevable, il doit l'évacuer. L'inconscient collectif, qui, à ce titre, peut être considéré comme le mental de la société, fonctionne de la même façon et, lorsque la collectivité intègre l'un ou l'autre de ces nouveaux éléments, on appelle cela le progrès. C'est ce processus qui cause la résistance au changement, ce dernier étant une remise en cause du modèle établi.

La partition de notre disque dur

Le disque dur de notre mental est composé de deux parties : la première est la conscience, celle que nous avons décrite jusqu'alors ; la seconde est l'inconscient. En effet, il existe une sorte de frontière au-delà de laquelle l'information disparaît, ou plutôt semble disparaître. Il nous est à tous arrivé d'oublier quelque chose, puis de nous en souvenir. Nous disons simplement : « J'avais oublié. » Certes, mais selon la mécanique que nous avons décrite, où était passée l'information ? Si elle avait été effacée du disque, elle ne se représenterait pas de nouveau. Nous considérons l'oubli comme un « trou », une disparition, mais ce n'est qu'une représentation trop « commode ». En réalité, il conviendrait plutôt de dire : « Je m'étais fait oublier. » *L'oubli est actif*, c'est une action du mental, c'est donc un agissement inconscient mais volontaire.

Lorsque le mental est incapable de traiter une information, qu'il juge irrecevable, il se produit comme une surpression qui chasse l'information de l'autre côté de la frontière. Les psychanalystes nomment cela un refoulement. L'information est refoulée, à l'image de l'attaquant du château fort qui est repoussé par le défenseur. Dès lors, tout ce qui vient mettre en péril l'équilibre du mental est évacué. Par ce tour de passe-passe, le mental altère donc la réalité. En conséquence, la vérité de l'un ne va pas être celle de l'autre. Si un employé refoule les fautes qu'il commet, il se sentira harcelé quand son employeur le pénalisera puisque de son point de vue, il n'est coupable de rien.

5. Danger ou pas danger ?

Le mental est chargé d'une seconde mission : la survie. Pour en comprendre la nature, il suffit d'observer un animal (qui possède également un mental, bien que moins élaboré que le nôtre). Un oiseau sauvage en train de picorer dans la nature ne donnera jamais plusieurs coups de bec d'affilée. Il donne toujours un coup de bec, puis jette un coup d'œil à gauche, un coup d'œil à droite. Son instinct de survie lui dicte cette conduite. Lorsqu'il est perché sur son arbre, il peut siffler tranquillement mais, lorsqu'il est à terre, le danger est potentiellement permanent. Chaque seconde au sol est donc passée au crible d'une question : « Danger ou pas danger ? »

En cas de danger, deux options s'offrent à l'animal : la fuite ou l'attaque. Une autre option s'offre toutefois à lui :

la panique ; dans ce cas, il est totalement pétrifié, incapable de la moindre réaction. L'exemple type est celui de la souris devant un serpent : elle ne peut que trembler.

Le mental humain fonctionne à l'identique. Allongé seul dans notre lit, nous ne courons aucun danger (sauf à tourner des pensées effrayantes qui correspondent à des peurs irrationnelles). Dès que nous sommes en relation avec le monde (et il suffit pour cela d'allumer la radio, la télévision ou l'ordinateur), le « logiciel survie » se déclenche et la question se pose : « Danger ou pas danger ? » En ce moment même, pendant que vous lisez ces lignes, la question est posée. Inlassablement.

Peur et temps de réaction

Le signal d'un danger se manifeste par la peur. Comprendre la peur suppose dans un premier temps d'appréhender son aspect mécanique, son fonctionnement biologique. Tout part d'un stimulus capté par l'un des cinq sens. Le message est ensuite dirigé vers le système situé dans le cerveau qui se nomme l'amygdale. L'événement est traité par celle-ci et une réponse s'élabore. C'est là que naît la peur. Pour parvenir à l'amygdale, l'information emprunte l'une des deux voies qui s'offrent à elle, en fonction de la situation vécue : une voie courte, pour les cas d'urgence, et une voie longue :

- La voie courte : le message transite par le thalamus et parvient à l'amygdale qui va déclencher une réponse, c'est-à-dire, concrètement, une réaction.

- La voie longue : le message transite par le thalamus, puis le cortex cérébral, l'hippocampe et parvient enfin à l'amygdale qui va déclencher sa réponse.

La première est irréfléchie (nous n'en avons pas conscience), alors que la seconde permet la conscience, et donc la réflexion.

Dans la voie courte, le temps de réaction entre le stimulus et la réponse occasionnée est de l'ordre de quelques millisecondes, la voie longue prend, quant à elle, deux fois plus de temps.

Dans son livre *When the Past Is Always Present : Emotional Traumatization, Causes and Cures*[1], le Dr Ronald Ruden, chercheur à Harvard, donne l'exemple d'un promeneur dans les bois qui aperçoit un serpent. L'information emprunte alors la voie courte qui active aussitôt une réponse immédiate, de type animal : fuite ou attaque. Un jet d'adrénaline est envoyé dans le corps pour soutenir l'une ou l'autre action. Dans un second temps, l'information arrive au cortex visuel puis au cortex sémantique qui transmet au mental. Si l'information est confirmée – il s'agit bien d'un serpent –, le mental renforce l'action amygdalienne et maintient la décision. S'il s'est trompé – en fait, c'était un bâton –, l'action amygdalienne est freinée et les réponses corporelles s'estompent.

---

1. Ronald A. Ruden, *When the Past Is Always Present : Emotional Traumatization, Causes and Cures*, New York, Routledge, « Psychosocial Stress Series », 2010.

L'amygdale joue un rôle dans la survie : il vaut mieux confondre le bâton avec un serpent et avoir peur pour rien, que de risquer de prendre un serpent pour un bâton. La voie courte est atavique, primitive. Elle est le reflet de la peur qui se manifeste en présence d'un prédateur. Nulle réflexion ici ; il ne peut en effet en être question puisque le mental n'est pas sollicité. Ce dont il est question, c'est de survie et c'est le seul objet de la réaction. Les substances chimiques libérées dans le corps accélèrent les pulsations cardiaques, de sorte que la respiration et l'adrénaline multiplient les performances physiques. Immédiatement, le corps est opérationnel, prêt à fuir ou à attaquer.

À l'inverse, la voie longue passe par le mental, là où toute situation est analysée, réfléchie. Même si cela est rapide, l'expérience est comparée à celles vécues précédemment, aux apprentissages et donc au modèle du monde. La voie longue prend *toujours* le relais de la voie courte ; elle infirme ou confirme la réaction de la voie courte en se fondant sur un modèle. Mais, dans un cas comme dans l'autre, le « logiciel survie » du mental impose sa loi. En cas de danger, il est donc impossible de ne pas avoir peur. Seul un apprentissage résolu permet de renoncer à ce réflexe de protection.

Tous les stages conçus pour dépasser les peurs reposent sur un seul principe : il est nécessaire de se confronter à la peur pour gommer progressivement son emprise. Il n'y a pas d'autre solution que le face-à-face ! Se confronter régulièrement à l'objet ou à la situation qui nous effraie permet doucement d'intégrer l'élément comme non menaçant. Ce qui supprime peu à peu le message de peur. C'est un processus qui permet de remplacer une croyance par une autre.

La peur ultime à travailler ainsi est la peur de la mort. Un exemple parlant est celui du samouraï qui, jour après jour, année après année, pratique l'art du sabre et affronte *réellement* la mort. Il s'oblige à regarder la mort dans les yeux ; il ne cherche pas à être plus fort qu'elle (comme les soldats sur le champ de bataille), mais à accepter sa présence sans ciller. Au moment où il est totalement en accord avec l'idée de mourir, il transcende cette peur. Et, à compter de ce jour, il combat en laissant son corps pratiquer seul les enchaînements ; son mental n'a plus voix au chapitre, le « logiciel survie » ne se déclenche plus.

Un modèle par personne

Chaque personne évolue dans un monde délimité en trois zones de gestion de la réalité extérieure : la zone de confort, la zone d'inconfort et la zone de panique.

La zone de confort correspond à une parfaite maîtrise de l'environnement. Par exemple, un automobiliste qui évolue dans les conditions habituelles se trouve en zone de confort. Il fait face tranquillement à ce qui se présente à lui : feux tricolores, carrefours, piétons… Il est certain d'atteindre son objectif et connaît même approximativement le délai pour s'y rendre.

Imaginons qu'il se retrouve sur une route enneigée sans en posséder l'expérience : il passe en zone d'inconfort. Il ignore si ses peurs et ses compétences lui permettront de faire face à quelque chose qu'il méconnaît et il doute d'atteindre son objectif. Son mental cherche à le faire revenir le plus vite possible dans sa zone de confort. Pire, s'il se retrouve, sans y être préparé, sur un sentier de montagne dont la largeur excède à peine le gabarit de son véhicule et qu'il côtoie un à-pic de 100 mètres, il entre en zone de panique. Il est totalement dépassé, inhibé par un objectif au-delà de ses capacités. S'il suit un stage de pilotage et apprend à conduire sur neige, il élargit sa zone de confort : ce qui représentait de l'inconfort devient du confort. De la même façon, il lui est possible, par une progression régulière, en se confrontant à sa peur (peut-être d'abord comme passager, puis comme conducteur), d'élargir sa zone de confort pour y inclure le sentier de montagne.

La peur et son intensité dépendent de la distance qui sépare une situation donnée de notre zone de confort. Cette distance est corrélée à la taille de la zone de confort, dont la structure dépend à son tour de croyances gravées sur le disque dur de notre mental. Quelqu'un qui n'est jamais sorti de son village aura peur d'aller au bourg voisin ; la zone de confort étant étroite, une petite distance apparaît vite importante et déstabilisante... Ces croyances qui délimitent la zone de confort sont la résultante de croyances personnelles et de croyances sociales ; ainsi, le monde s'accorde inconsciemment sur ce qui est possible et ce qui ne l'est pas.

Le sport nous offre là encore un magnifique exemple : dans une même course, Cesar Cielo Filho, meilleur temps du 100 mètres nage libre à Rome en 2009, distancerait de

11 secondes Johnny Weissmuller, recordman du monde en 1922. Certes, les méthodes d'entraînement, la préparation sportive ont évolué, mais il n'empêche ! Si quelqu'un avait évoqué en 1922 la possibilité de nager le 100 mètres en moins de 47 secondes, on lui aurait rétorqué que c'est impossible. La cause en est que l'on a besoin de figer ce qui est mouvant. Il est plus judicieux et plus vrai de dire « Personne n'y parvient *encore* », plutôt que « C'est impossible ». Les scientifiques d'antan affirmaient qu'un corps humain ne dépasserait jamais les 100 kilomètres à l'heure ; plus tard, ils s'entendaient pour dire qu'il serait impossible de franchir le mur du son ; plus tard encore, de dépasser la vitesse de la lumière… Ce qui a fait dire à Jean-Pierre Petit, astrophysicien qui fut directeur de l'observatoire du CNRS de Marseille : « La science est avant tout un système organisé de croyances *a priori* nullement supérieur aux autres. » Il signifiait ainsi que nous avons choisi d'expliquer le monde à travers le modèle de la science, délaissant les autres modèles sans avoir conscience qu'avec ce choix quasi exclusif nous limitions terriblement nos chances de comprendre.

La zone de confort est donc indissociable des croyances qui la génèrent. On identifie deux types de croyances : celles qui limitent et celles qui ressourcent. Les premières confinent dans la zone de confort, tandis que les secondes permettent d'imaginer de se dépasser. Les secondes requièrent toujours du courage car, pour remettre en cause ses croyances, il faut continuer à avancer malgré sa peur. Les peurs naturelles sont toutes en lien avec la capacité de contrôler son environnement. L'extérieur de la zone de confort équivalant à la perte de contrôle, tout ce qui y figure fait peur. En revanche, quelqu'un peut avoir peur des chiens mais se sentir en sécurité armé d'un bâton (nous évoquons bien ici une peur causée par un danger réel, non une phobie qui est une peur irrationnelle). Notre civilisation a considérablement diminué les occasions d'affronter un danger réel. Mais alors, d'où nous viennent ces peurs si elles ne correspondent pas à un danger réel ?

6. Survie : l'autre mission du mental

Comment se fait-il que nous nous retrouvions à accomplir des choses contraires à notre bonheur ? Par exemple, une personne a l'opportunité de présenter en public le projet qui lui tient à cœur mais, au moment de prendre la parole, se retrouve submergée par l'envie de fuir ; une autre souhaite réussir sa vie de couple et ne rencontre que des hommes ou des femmes indisponibles ; celui-ci aspire au bonheur et enchaîne désenchantement sur désenchantement... Quelque chose de plus fort que nous nous conduit à agir « contre ». Ce quelque chose nous limite, nous bloque, nous pousse au sabotage.

Derrière chacun de ces comportements se trouve une peur irrationnelle, qui ne correspond à rien de réel. On le vérifie particulièrement dans les phobies. Prenons l'exemple de la musophobie (la phobie des souris) : a-t-on déjà vu cet animal attaquer un être humain ? Non, aucun danger dans la réalité. Alors, pourquoi reçoit-on un message de danger alors qu'il n'en existe aucun ? C'est comme si notre voiture signalait que nous allons tomber en panne d'essence alors que nous venons de faire le plein. Le danger est illusoire et, pourtant, la peur est bien réelle. Il y a nécessairement une explication car tout effet a sa cause. *La peur a toujours sa raison d'être.* Si elle ne prévient pas d'un danger réel, c'est qu'il s'agit d'un autre type de danger…

Pour saisir cela, nous devons déjà comprendre que l'être humain vit en même temps sur deux niveaux différents : le premier est le niveau réel, bien connu, le second s'appelle le niveau symbolique. Or c'est, la plupart du temps, un danger émanant du niveau symbolique qui génère en nous la peur au niveau réel. Cela se produit lorsque le mental fait évoluer la « mission survie », pour laquelle il est programmé au départ. Il se charge alors d'une mission supplémentaire.

Lorsque nous venons au monde, nous sommes en dépendance totale. Tout d'abord du point de vue de la sécurité. Laissé dehors sans nourriture et sans vêtements, un nourrisson mourrait rapidement. L'être humain est le seul animal qui a besoin de plusieurs années pour être autonome. Le faon qui vient de naître est rapidement sur ses pattes. Même s'il flageole quelques instants, il est très vite opérationnel pour suivre sa mère. Le petit humain est fragile et le reste longtemps. La moindre maladie, la moindre chute peuvent l'emporter. La notion de sécurité est donc primordiale ; elle est au cœur de la mission première assignée au mental car le danger est porteur de mort.

Notre dépendance se double d'un besoin vital d'amour. Il a été démontré qu'un bébé qui ne recevait aucune autre attention que la nourriture et le change, si ces activités sont effectuées sans affects, mourait. C'est aussi simple que cela. La première observation remonte à Frédéric II de Hohenstaufen (empereur du Saint Empire romain germanique) qui isola six bébés sans la moindre interaction humaine pour voir s'ils développaient spontanément un langage. Les six moururent. En 1940, le psychiatre René Spitz développa une théorie qu'il nomma l'« hospitalisme », caractérisant l'état dépressif des enfants séparés précocement de leur mère. Il identifia trois phases : une première, pendant laquelle l'enfant pleure énormément pour faire revenir sa mère (car il a repéré que cette stratégie fonctionnait) ; une deuxième phase, au cours de laquelle il pousse des sortes de glapissements, est caractérisée par une perte de poids et l'arrêt du développement physiologique ; et enfin, une troisième où l'enfant entre dans une phase de retrait et de refus de contact.

Plus proche de nous dans le passé, cela fut hélas mis en lumière dans les orphelinats roumains de l'ère post-Ceausescu.

Pour que l'enfant puisse se construire correctement, il a besoin d'amour. C'est la base de l'interaction, le moteur de la vie. L'amour est le socle de l'univers.

Maman = amour / papa = sécurité

Un nourrisson qui ne reçoit aucun affect se situe au point zéro de l'échelle émotionnelle. Une expérience a été conduite auprès de chimpanzés. Trois animaux de même sexe, du même âge et dans les mêmes conditions d'hébergement sont sélectionnés. On leur donne exactement la même nourriture, le premier en lui prodiguant des câlins, le deuxième en lui déposant de la nourriture, sans aucune attention, dans une indifférence totale, et le dernier, en le rabrouant. Au terme de l'expérience, lequel va le mieux ? Le premier, bien sûr. Lequel va le plus mal ? Le deuxième – et non pas le troisième, comme on aurait pu s'y attendre. Tout plutôt que l'indifférence. C'est pour l'éviter qu'un bébé peut se persuader que la maltraitance est une marque d'attention.

♦ Adeline est élevée par une mère maltraitante. Dès qu'elle s'approche d'elle à moins d'un mètre, elle reçoit une gifle. Il arrive aussi parfois que, soudainement, sans aucune raison apparente, cette mère cesse tout simplement de s'occuper de sa fille. Elle ne lui parle plus, ne la regarde plus, ne lui met plus de couvert à table... Plus aucune attention. Comment réagit Adeline à ce moment-là ? Elle s'approche de sa mère à moins d'un mètre pour recevoir une gifle ! Tout est « bon » pour se persuader que l'on reçoit de l'amour. Tout, plutôt que d'être au point zéro émotionnel. Notre mental a besoin d'amour.

Un être humain, dès sa naissance, doit absolument recevoir amour et sécurité. *Absolument.* Notre mental considère que les besoins d'amour et de sécurité sont au même niveau que le besoin d'air pour respirer. Imaginons juste un instant que l'on nous mette un sac en plastique sur la tête. Que ressentons-nous lorsque l'oxygène commence à manquer ? Un bébé ressent la même chose au moindre manque d'amour ou de sécurité : une suffocation le saisit, suivie d'une panique indicible. Les rôles semblent ainsi distribués depuis la nuit des temps : le père apporte la sécurité et la mère l'amour. Deux croyances sont ainsi gravées sur nos disques durs : maman = amour, papa = sécurité. Tout est là. *Tout part de là.*

Cela est lié à la nature de l'être humain : l'homme est porteur d'une énergie basée sur la puissance et nourrie par la testostérone. Elle lui permet de nourrir et de protéger son clan. La femme est structurée sur la sensibilité, la capacité à se connecter à des émotions plus raffinées, alimentée par la progestérone, ce qui la prédispose à un amour sensuel, alors que l'homme est, lui, stimulé par un amour plus « bestial ».

Avant de comprendre comment le manque d'amour et de sécurité peut causer le dysfonctionnement de l'être humain, nous devons tout d'abord chercher d'où proviennent ces croyances. Tout ce qui s'imprime sur le disque dur du mental est issu de l'extérieur car il ne peut générer aucune croyance spontanément. Chacune provient donc nécessairement d'un stimulus extérieur. Où le mental est-il allé puiser que la mère procurait l'amour et le père la sécurité ? Dans l'inconscient collectif.

Comme un buvard dans l'encre : l'inconscient collectif

Le collectif possède un inconscient au même titre que l'individu. Tout le monde baigne dans cet inconscient, comme un buvard dans l'encre. Trempons un buvard blanc dans l'encre bleue, le buvard devient bleu. Et pourtant non, le buvard est toujours blanc... mais il apparaît bleu à nos yeux. De la même façon, l'inconscient collectif imprègne tout, et la personne qui baigne dedans n'a aucunement conscience d'y être immergée.

La notion d'inconscient collectif a été mise en évidence par le psychiatre Carl Gustav Jung. Il expliquait qu'il « est l'ensemble de tous les archétypes, le dépôt de tout ce que l'humanité a vécu [...], un système de réactions et de disponibilités qui déterminent la vie individuelle par des voies invisibles ». L'humanité est semblable à l'individu ; elle possède une zone de conscience, qui regroupe l'intégralité des connaissances accumulées, et une zone d'inconscience. Dans cette dernière figurent en premier lieu toutes les informations traumatisantes qui ont été refoulées. Cela crée les archétypes de type fabuleux ou démoniaque.

Le psychiatre Stanislav Grof relate un cas qui, selon lui, illustra magistralement l'existence de cet inconscient jungien. Lorsqu'il travaillait à l'Institut de recherche psychiatrique de Prague, il avait pour patient Otto, un jeune homme qui souffrait de dépression et de thanatophobie, une peur pathologique de la mort. Au cours d'une séance, Otto vécut une séquence très forte de mort et de renaissance psychospirituelle. « Il eut la vision d'une divinité porcine terrifiante qui gardait l'entrée d'un souterrain sinistre. Au même instant, il éprouva le besoin impérieux de dessiner un motif géométrique précis. [...] Il ne comprit pas cet épisode, et n'en eut la clé que bien des années plus tard, après sa rencontre avec le mythologue Joseph Campbell, à qui il raconta un jour ce qui était arrivé à Otto. "Comme c'est intéressant !" s'exclama Joseph, et sans l'ombre d'une hésitation : "C'était visiblement la Mère cosmique de la Nuit de la Mort, la déesse mère des Malékuléens de Nouvelle-Guinée." Joseph Campbell expliqua alors à Stanislav Grof que cette divinité avait l'apparence d'une figure féminine effrayante, aux traits nettement porcins. "D'après la tradition malékuléenne, elle se tenait à l'entrée du monde souterrain et gardait le labyrinthe sacré, très complexe. Au cours de leur vie, les Malékuléens passaient beaucoup de temps à dessiner des labyrinthes, car la maîtrise de cet art était considérée comme essentielle à la réussite de leur voyage dans l'au-delà." Pour quelqu'un qui, comme Otto, souffrait de thanatophobie, le choix du symbolisme malékuléen semblait particulièrement adapté. "Le fait que ni Otto ni moi n'avions la moindre connaissance intellectuelle de la culture malékuléenne corrobore une nouvelle fois la notion jungienne d'inconscient collectif", conclut Stanislav Grof[1]. » La peur du loup, de l'ogre, du croque-mitaine… relève de la même construction.

1. « L'inconscient collectif, une notion clé de la pensée de Jung », *INREES Magazine*, 7 juin 2011.

Outre les archétypes fabuleux, se trouvent aussi dans l'inconscient collectif toutes les bases communes d'accords passés entre membres de la communauté, toutes les règles de fonctionnement qui doivent être respectées sans être explicitement nommées. Ainsi, on ne mange pas ses enfants. Le changement de l'humanité au sujet du cannibalisme représente à la perfection l'inscription de règles dans l'inconscient collectif. Elle semble aujourd'hui aller de soi ; elle est pourtant le fruit d'une longue évolution inconsciente puisqu'elle a existé à un moment donné.

Une autre loi inscrite profondément dans l'inconscient collectif est « maman = amour, papa = sécurité ». Partout sur terre, lorsqu'un bébé naît, il baigne dans cette croyance. Bien sûr, papa est aussi un peu égal à « amour » et maman est aussi un peu égale à « sécurité », mais, de la même façon qu'en nous il y a du masculin et du féminin, nous sommes bien une femme ou un homme. C'est nettement tranché. Ici, de même, cela est clairement déterminé : maman = amour, papa = sécurité. *La plus grande partie de nos peurs irrationnelles viennent de cet « axiome » enkysté en nous*[1] *!* Cela semble d'une

---

1. D'autres peurs sont susceptibles de nous habiter : celles qui sont le fruit d'un choc traumatique, d'une expérience terrible. Elles peuvent se révéler handicapantes : petits, nous avons été mordus par un chien, nous sommes tombés dans l'eau glacée, nous avons été abusés sexuellement, la foudre est tombée à quelques pas de nous… Lors de ces situations, nous avons gravé une association sur notre disque dur : chien = danger, eau = danger, sexe = danger… Même si certaines de ces expériences peuvent être horribles, nous connaissons aujourd'hui des techniques comme l'hypnose, l'EMDR (*Eye Movement Desensitization and Reprocessing* – traitement des traumatismes par des mouvements oculaires), l'EFT (*Emotional Freedom Techniques* – technique de libération émotionnelle par des tapotements sur des points du corps situés sur

simplicité enfantine, et pourtant, derrière chacun de nos problèmes, nous trouverons toujours un manque d'amour ou un manque de sécurité ; derrière chaque peur, une peur de manquer d'amour ou de sécurité. Peur de prendre la parole en public ? – peur de l'insécurité. Peur de déclarer notre flamme ? – peur de ne pas être aimé en retour…

Un danger de mort détecté

Gravée à l'insu du nourrisson dans son mental, cette croyance que maman = amour et papa = sécurité se révèle pernicieuse ; en effet, ces deux éléments doivent toujours être présents, puisque le besoin est *absolu*. Que l'un ou l'autre vienne à manquer et le mental diagnostiquera un danger de mort, comme si on le privait d'air pour respirer. Cela est enregistré par le mental, modélisé dans le dossier de base du disque dur et, puisqu'il est question de survie, surveillé en permanence par la question « Danger / pas danger ? ». S'il observe « maman = amour », le mental décode « pas danger » ; si, au contraire, « maman = *pas* amour », il décode « danger ».

Imaginons qu'un bébé pleure parce qu'il a mal au ventre. Cela dure depuis des heures et sa mère, qui en ignore la cause, ressent impuissance et frustration ; son stress augmentant, les pleurs lui deviennent insupportables. À bout

---

des méridiens identifiés par la médecine chinoise), la TAT (*Tapas Acupressure Technique* – libération des traumatismes par des phrases clés, conjointes à des tapotements sur des points d'acupuncture), etc., qui sont la plupart du temps efficaces pour guérir ces traumatismes.

de patience, elle finit par crier sur l'enfant qui reçoit une décharge terrible de manque d'amour.

Immédiatement, son « logiciel survie » se déclenche : attention, danger ! Et même, danger de mort ! Les solutions de fuite ou d'attaque sont dans ce cas impossibles. L'enfant est piégé. Il se trouve face à une singularité, c'est-à-dire une impossibilité, un paradoxe ingérable. Sur son disque dur est gravé « maman = amour » et la situation le confronte à « maman = *pas* amour » ! Aussitôt – dès les premiers jours de la vie et même *in utero* –, le « logiciel survie » entre en action.

Oublier pour survivre

Le « logiciel survie » intervient, mais comment va procéder le mental du nourrisson, qui ne dispose ni de la fuite ni de l'attaque ? La première chose à tenter, c'est de supprimer l'inscription mentale « maman = pas amour ». Pour cela, il déplace la situation dans l'inconscient. Instantanément, la situation douloureuse disparaît de la conscience. Ce phénomène est nommé « refoulement » par les psychanalystes. Cette solution fonctionne parfaitement pour refouler une réalité ponctuelle. Les thérapeutes connaissent bien le cas de femmes abusées une fois lors de leur enfance et qui n'en gardent aucun souvenir. L'événement ne remontera à la conscience que par le biais de cauchemars, d'une séance d'hypnose, d'un choc psychologique… Cela nous confirme que si le mental fait disparaître une réalité de la conscience, celle-ci continue néanmoins d'agir et de peser sur la personne. Par ailleurs, la solution du refoulement s'avère insuffisante en cas de danger chronique. Si une mère crie sur son enfant régulièrement, celui-ci peut refouler inlassablement, la réalité révélera sans cesse le manque d'amour et donc le danger de mort. Bien que le refoulement soit utilisé dans tous les cas de souffrance, le « logiciel survie » doit malgré tout passer à un autre niveau, imaginer une autre solution pour résoudre un paradoxe (maman n'est pas amour) lorsqu'il devient permanent.

« *C'est de ma faute* »

L'enfant est en danger de mort ; il subit un manque d'amour insoutenable psychiquement et son mental impuissant est convoqué pour résoudre l'impossible. Impuissant ? Rien n'est moins sûr car son ingéniosité est extraordinaire ! Oui, il parvient à contourner l'impossible et l'idée de base est très simple : à un bébé confronté au manque d'amour, il offre la possibilité de produire l'*illusion* qu'il le reçoit toujours. Pour cela, il construit une fausse réalité. Comme le mental se grave lui-même, il a toute latitude pour échafauder une croyance de toutes pièces. Puisqu'il est impossible de vivre avec « maman = pas amour », il *justifie* le manque d'amour. Il le fait en élaborant un mensonge génial et diabolique : « Si maman me crie dessus, *c'est de ma faute*, c'est que je suis indigne d'amour. »

Une fois le mensonge installé, la situation est la suivante : sur le disque dur, « maman = amour » est toujours présent, et la nouvelle réalité dit désormais : « maman = pas amour *à cause de moi* ». En conséquence, « maman = amour » reste valide. Pour créer une illusion, *l'enfant s'accuse de ce qu'il subit*. L'équation est résolue[1] ! Il suffisait d'y penser...

Notons qu'en installant ce mensonge le bébé génère une peur ; maintenant qu'il est devenu indigne d'amour, il a peur que sa maman ne l'aime pas. La conséquence du mensonge est un prix très lourd à payer car, pour conserver l'*illusion* de l'amour de sa mère, il érige en lui la peur de ne plus le mériter. Et voici donc qu'une peur est complètement inventée ! Si nous sommes envahis de peurs multiples, c'est que nous les avons élaborées en tant que solutions. À bien y réfléchir, cela est d'une absurde disproportion ; en effet, dans la réalité, cet enfant n'est pas en danger de mort. C'est le caractère absolu du besoin d'amour qui déclenche la nécessité de créer une peur pour éviter d'être confronté à un manque jugé mortel.

Quelque chose vient de basculer. Irrémédiablement. En plus des peurs naturelles, qui signalent un danger empruntant la voie cerveau → mental, voici qu'apparaît une peur

---

1. Il arrive que l'intensité du traumatisme soit ingérable, que le choc soit si terrible que même l'inconscient le refuse (par exemple, dans le cas d'une mère toxique et possessive qui « mange » son enfant et tout à la fois le détruit). Dans ces cas extrêmes, la création du mensonge étant impossible, il se produit alors une sorte de retour vers le conscient qui, bien entendu, ne peut accepter cette charge sous sa forme originale. L'information se manifeste alors dans la réalité sous forme de délire ou de déni. Une sorte de boucle de folie s'installe entre conscient et inconscient, interdisant à l'enfant de s'inscrire dans la vie. Cette façon de quitter une réalité insoutenable s'appelle la psychose. Un psychotique est donc un enfant qui n'a pu résoudre le paradoxe se présentant à lui. Cela reste une solution à la marge ; la plupart du temps, le mental trouve une solution avec moins de dommages.

totalement nouvelle, comme surgie de nulle part, descendant la voie mental → cerveau.

Là est le point de création de la peur irrationnelle. Voilà l'origine de la plupart de nos peurs.

Hypnotisés !

Pour résoudre un conflit interne, le mental a donc remplacé une réalité par une autre. Cela rappelle le phénomène de l'hypnose. Messmer, dit « le fascinateur », est un hypnotiseur de music-hall. Lors de ses spectacles, il sélectionne des personnes parmi les 5 % les plus réceptives à l'hypnose en leur faisant pratiquer un petit test de sensibilité. Instantanément, il leur fait croire un tas de choses cocasses : untel devient un pilote d'avion, tel autre livre le dernier combat de Rocky, etc.

Ayant identifié chez une femme la phobie des rats, il pose un de ces animaux apprivoisés sur la scène, à plus de dix mètres d'elle et elle est pétrifiée. Il l'hypnotise alors et lui suggère qu'elle adore les rats : elle prend alors le rat dans ses mains, lui fait des caresses et va même jusqu'à l'embrasser. Après avoir éloigné le rongeur, il la réveille en lui demandant de se souvenir... et cette femme est complètement perdue, entre choc et émerveillement.

Messmer remplace une croyance par une autre. Comme s'il changeait une ligne de code dans un programme d'ordinateur. Le résultat est spectaculaire car il nous donne à voir les deux programmes se côtoyer en peu de temps. C'est réellement impressionnant d'observer un homme, à qui il a imposé la croyance : « À partir de maintenant, pour vous, il sera toujours 21 h 10 », répondre toutes les cinq minutes *en regardant sa montre* : « Il est 21 h 10. » Avoir peur des rats, des araignées ou des ascenseurs au quotidien procède du même phénomène : c'est de l'auto-hypnose.

La construction du mental peut elle-même être considérée comme une auto-hypnose. Graver le disque dur, c'est graver des croyances, comme le fait Messmer sur scène avec la femme phobique des rats. Nous revenons encore et toujours à l'idée que la réalité n'existe pas. Seule existe la façon dont nous interprétons le monde à travers les lignes de code d'un programme que nous avons nous-mêmes rédigé.

Lorsque nous créons une peur irrationnelle, nous nous auto-hypnotisons : « À partir de maintenant, je suis indigne d'amour. » Cela fonctionne à chaque manque d'amour et de sécurité ; nous nous accusons de ce que nous subissons. Chaque fois, nous créons un mensonge. Chaque fois, nous nous hypnotisons. Mon père me frappe : « Je mérite d'être maltraité. » Ma mère me dévalorise : « Je suis nulle. » Elle ne me témoigne aucune affection : « Je ne mérite pas d'être aimée. » Mon père me critique parce que je n'ai obtenu « que » 18/20 : « Je dois être parfait. » Et ainsi de suite. *Ad libitum.*

7. Le prix à payer

Le mental croit nous sauver la vie en créant des mensonges destinés à conserver l'illusion de l'amour et de la sécurité. Malheureusement, la « solution » produit chaque fois des dommages collatéraux. Le premier, c'est que le mensonge induit la peur. Le deuxième, c'est que nous ne faisons plus aucune différence entre une peur réelle et une peur irrationnelle. Pour nous, l'une comme l'autre sont des signaux de danger, même si la seconde n'est qu'une illusion. C'est d'ailleurs le propre d'une illusion : à nos yeux, elle *est* réelle. Notre mental traite une illusion exactement comme la réalité. Ainsi, si un enfant a construit le mensonge qu'il devait être parfait, chaque fois qu'il sera imparfait il aura peur des conséquences potentielles. Et c'est le troisième dommage collatéral : *le mensonge doit devenir vrai*.

La dictature des mensonges

Le mensonge est construit selon le mécanisme suivant : « Il faut que je sois parfait pour obtenir la sécurité de mon père ; si je suis imparfait, mon père ne m'apportera plus la sécurité. » Une fois cette nouvelle réalité inscrite sur notre disque dur, elle y est gravée comme dans le marbre : je dois être parfait. Cela est non négociable. Cette réalité restera toujours présente lorsque je deviendrai adulte. Imaginons que l'un de mes responsables me reproche que mon travail ne correspond pas tout à fait à ce qui était attendu. Je me sens immédiatement très mal, peut-être en panique, de façon complètement disproportionnée. Je n'ai alors aucune conscience qu'à cet instant j'ai peur de perdre la sécurité *de mon père*. Il y a bien longtemps que je n'en ai plus besoin, mais rien n'y fait, le mensonge est là, la peur est installée, elle me suivra toute ma vie, exerçant indéfiniment sa tyrannie.

De même, si je crée le mensonge « Je suis nul » parce que ma mère me dévalorise, je dois devenir et devrai rester nul par la suite. Je suis absolument certain (inconsciemment) que si je prends de la valeur, je vais perdre l'amour de ma mère.

Chaque fois que nous avons subi un manque d'amour ou de sécurité de la part de nos parents, nous nous sommes accusés de ce que nous subissions pour les protéger, tordant pour cela la réalité et nous contraignant ensuite à la manifester concrètement.

Cette torsion, ce remplacement de notre monde initial par un monde mensonger porte un nom : la névrose. À ma connaissance, nous sommes tous névrosés. Il n'existe pas de gens « normaux », naturels. Tout simplement parce qu'il n'existe pas de parents infaillibles... Et ils ont eux-mêmes été les enfants de parents faillibles.

Déplacer la peur

Si un père éprouve un désir contre nature pour sa fille, celle-ci se sent en danger. Elle le sait au plus profond d'elle-même car elle baigne dans l'inconscient collectif et ses lois fondamentales. Elle sent donc que son père est en train de briser la loi : « Tu ne feras pas l'amour avec quelqu'un de ta famille. » Même si le père n'a aucun geste déplacé, elle ressent ce que les psychanalystes nomment une relation incestuelle, à différencier de la relation incestueuse où il y a attouchements ou viol.

Le mental doit gérer un signal correspondant à un danger réel. Pour cela, cette fille doit se mettre à l'abri et, par conséquent, reconnaître que son père est dangereux. Or cela est impossible ! Papa *doit* rester l'image de la sécurité, donc de la protection, c'est la base. Rien ne peut la remettre en cause.

Pour conserver l'illusion de la sécurité, elle construit un mensonge pour s'accuser, par exemple « je suis impure, c'est pour cela qu'il me désire, bien que je sois sa fille ». Cependant, le mental doit prendre en compte la réalité du danger. Il effectue pour cela un déplacement en projetant sa peur sur un objet qui représentera son père. Au lieu d'avoir peur de lui, elle aura peur d'un objet, d'un animal, le symbolisant. Exemple typique : la peur des serpents, qui, de par leur forme et leur image menaçante, symboliseront le sexe de l'homme. Ce mécanisme de déplacement est appelé phobie lorsque la peur prend un caractère démesuré, à un point tel que même une image la déclenche.

La marionnette des parents

Lorsque nous créons un mensonge, nous devons le rendre vrai… Mais encore faut-il que nous puissions y croire ! Essayez par exemple de croire que vos yeux sont bleus s'ils sont marron : impossible. Nous avons observé un bébé dont la mère perd patience et crie : il s'accuse de ce qu'il subit mais comment peut-il se persuader qu'il est indigne d'amour ? S'il regarde en lui, il ne perçoit aucune trace d'indignité, aucune négativité, aucune mauvaise intention. En lui, il ne voit que pureté.

Le mental est de nouveau confronté à une difficulté car il est vital de croire à nos mensonges, sans quoi tout l'édifice s'écroule ; il doit donc réaliser une autre contorsion pour autoriser la croyance, pour la reconnaître en lui.

Si la mère crie sur son bébé, il existe une part, une énergie, en elle, qui n'aime pas son enfant. Si elle aimait son enfant à 100 %, il lui serait absolument impossible de crier dessus. Comment est-il possible qu'une mère n'aime pas son enfant à 100 % ? C'est qu'elle-même doit garder vrais ses propres mensonges, créés pour conserver « maman = amour, papa = sécurité ». Ses parents ont procédé de même, ainsi que ses grands-parents, ses arrière-grands-parents. Ainsi, si cette mère a subi la violence de sa propre mère, elle a été obligée de construire le mensonge que la violence était la bonne réponse, l'obligeant à l'utiliser à son tour sur ses propres enfants[1].

Ce sont donc les mensonges de plusieurs générations qui sont transmis tout au long de l'arbre généalogique, comme des virus informatiques.

Le mental de l'enfant s'empare de l'énergie présente en sa mère et la fait sienne, comme s'il s'appropriait un morceau énergétique. Nous sommes ainsi habités par les peurs de nos parents. Le phénomène est difficile à décrire car totalement intangible et donc impossible à examiner. Seuls les énergéticiens, ou les personnes possédant un don de magnétisme, perçoivent ces énergies.

---

1. Si des enfants de parents violents ne le deviennent pas à leur tour en tant que parents, c'est qu'à l'adolescence on réinterroge le modèle parental. Alors, soit on l'adopte définitivement, soit on s'y oppose (en faisant exactement le contraire). Si un fils de père alcoolique ne boit pas d'alcool une fois devenu adulte, il y a toutes les chances qu'il n'en boive pas *du tout*.

Bien qu'immatérielle, la manifestation est malgré tout bien réelle. Il arrive que l'on se sente envahi par les énergies de l'autre. Il nous est tous arrivé de nous sentir mal aux côtés de quelqu'un sans qu'aucune parole ne soit prononcée ou encore de rejoindre un groupe de personnes et de sentir une ambiance lourde. Les mécanismes de défense de notre corps ont tendance à les évacuer.

Au lieu de rejeter l'énergie négative de sa mère, l'enfant la conserve, la faisant sienne. Une fois installée en lui, elle agit *comme si elle émanait de lui-même*. Il perçoit et donc il *reconnaît* ainsi qu'il est indigne d'amour.

Une fois de plus, par son ingéniosité, le mental a réalisé l'impossible : faire croire ce qui est faux… ce qui génère un nouveau dommage collatéral : désormais, pour tout ce qui concerne la dignité d'amour, cet enfant n'est plus aux commandes de sa vie, c'est une partie non maîtrisée, une énergie de sa mère en lui, qui le contrôle. *Nous sommes donc commandés et contraints à des actions contraires à notre bonheur par des énergies qui ne nous appartiennent pas.* Chaque fois que nous créons une peur, nous nous départons de notre pouvoir. Nous pensons guider notre vie mais, finalement, nous ne sommes que la marionnette de notre inconscient.

Nous sommes mus par des parties de nos parents en nous qui nous imposent des attitudes et des comportements, même si consciemment, volontairement, nous aimerions manifester l'exact opposé.

♦ Josette me confiait lors d'un entretien : « À l'adolescence, j'ignorais qui je voulais être, mais une chose était sûre, je savais qui je ne voulais pas devenir : ma mère ! Il y a quelques jours, je me suis vue en train de faire une remontrance à ma fille. Et là, l'image de ma mère m'est apparue ! »

Tant que ces fragments de nos parents restent *actifs* en nous, il est vain de vouloir diriger notre vie. C'est ici que l'on peut saisir les limites des thérapies comportementales et de l'analyse. Même si la seconde permet de contacter l'origine de la souffrance en lien avec un parent, elle ne peut libérer le patient de sa peur. Savoir ne suffit pas. Il est impossible de recouvrer sa liberté tant que cette partie de nos parents nous habite, nous parasite. Pour s'affranchir de la peur, il est indispensable de leur rendre ces « morceaux » qui ne nous appartiennent pas... et cela ne peut être réalisé qu'au niveau symbolique.

Chasser le mensonge

Un voile hypnotique recouvre notre vie sans que nous en ayons conscience. Une expression populaire révèle cet état de fait : « Chassez le naturel, il revient au galop. » Elle signifie que nos comportements sont tellement ancrés qu'il est difficile de s'en débarrasser. Si nous avons une tendance profonde à vivre dans le désordre et que nous voulons ordonner notre vie extérieurement et intérieurement, nous aurons beau multiplier les efforts, nous reviendrons « naturellement » à notre habitude : la pagaille.

Mais, en réalité, ce désordre ne correspond pas à notre véritable nature. Un mensonge est à l'origine d'un tel comportement et c'est pour le rendre vrai que le désordre est créé. Cela relève donc d'une stratégie volontaire, bien qu'inconsciente. Il n'y a rien de naturel là-dedans, bien au contraire, c'est l'auto-hypnose qui la fait apparaître comme telle. Il serait plus juste de professer : « Chassez le mensonge, il revient au galop. »

8. Une prison sans murs

Revenons à l'enfant qui a mal au ventre et dont la mère crie, démunie face à sa douleur.

« Je suis indigne d'amour » deviendra une branche maîtresse dans l'arborescence de son mental[1]. Cela deviendra même une pierre angulaire de son identité : il *est* indigne d'amour. Grâce à cette croyance, il conservera l'illusion de l'amour. Mais gare à lui s'il devient digne d'amour, car un effet domino se déclenche ; le mensonge devient faux, du coup l'illusion de l'amour disparaît, et cela le ramène à la case départ : danger de mort par suffocation du manque d'amour.

Au quotidien, le mental, fidèle à sa mission de base, pose inlassablement la fameuse question : « Danger ou pas danger ? » Désormais, au danger réel (agression, péril physique) s'ajoute celui que devienne faux le mensonge que l'on s'est construit pour conserver l'illusion de l'amour ou de la sécurité. Pour le mental, dans le cas de l'enfant évoqué juste avant, c'est une question de survie que de rester indigne d'amour.

---

1. Bien entendu, si cela n'arrive qu'une fois ou très rarement, le refoulement suffira. Il faut une répétition et/ou une intensité importante pour que le mensonge soit créé.

Deux dangers sont désormais traités par le mental : le danger réel et le danger illusoire. Le danger que le mensonge devienne faux est traité comme un péril mortel : cet enfant, s'il devient, aujourd'hui ou demain, digne d'amour, recevra le même signal que s'il allait tomber de plusieurs mètres.

Le mensonge dicte sa loi d'airain et doit rester actif, même dix ans, même cinquante ans après. Alors même que le péril n'existe plus, la solution (la peur) reste active. Le mental la rejouera indéfiniment : indigne d'amour tu es, indigne d'amour tu resteras. Jusqu'au bout.

Le disjoncteur automatique du mental

Au moment où le mensonge est sur le point de devenir faux, c'est-à-dire au moment où l'amour est sur le seuil, le mental déclenche une stratégie de sabotage. Le garçon dont il est question plus haut s'arrange, *à son insu*, pour éviter de se faire aimer. Implantée à un niveau profond, cette stratégie demeure sa *structure*[1]. Puisque la commande est inconsciente, il ne comprendra jamais pourquoi il échoue toujours dans ses tentatives de liaison amoureuse et, s'il y parvient, cela risque d'être avec une femme qui le discrédite...

Imaginons : devenu grand, ce garçon rencontre un soir une femme qui a un coup de foudre pour lui. Dès cet instant, il devient potentiellement digne d'amour, et le mental, ligoté par la solution qu'il a élaborée, identifie cette

---

1. Lorsqu'un psychologue dit d'un enfant qu'« il a une structure abandonnique », cela signifie qu'il doit sans cesse rejouer l'abandon pour conserver un mensonge vrai.

situation comme dangereuse, le mensonge risque de devenir faux. Au niveau inconscient, une stratégie est aussitôt élaborée : sans comprendre la véritable raison qui le pousse à cela, il cesse d'aller dans les endroits qu'elle fréquente, ou lui fait des reproches, ou même la déconsidère pour qu'elle s'éloigne… Tout cela dans le but de faire tenir le mensonge originel.

Sa vraie nature (aimer et se faire aimer) n'a plus voix au chapitre, c'est le mensonge (il est indigne d'amour) qui impose sa tyrannie et dirige sa vie.

Le mental possède une sorte d'interrupteur automatique ; tant que nous restons dans les limites du mensonge, nous pouvons fonctionner. Mais dès que nous en atteignons la frontière, l'interrupteur se déclenche. Tout comme un disjoncteur coupe l'électricité en cas de surtension, notre mental enclenche un programme d'auto-sabotage. Bien entendu, la partie consciente est mécontente car elle veut réussir. Cet homme le crie, tant à lui-même qu'à la face du monde : « Je veux être aimé ! » Hélas, la partie inconsciente détient les commandes.

Ainsi, l'être humain réclame à cor et à cri l'amour et la sécurité, sans réaliser que, dans le même temps, il s'interdit de les recevoir !

Piégés !

Les mensonges modifient également notre perception du monde. Ici encore règne l'hypnose.

Vous êtes-vous jamais demandé, à la suite d'une rupture amoureuse et après avoir senti que vos yeux se rouvraient, comment vous aviez fait pour trouver l'autre attirant ? Votre souvenir est intact, vous pouvez vous rappeler votre désir et la sensation de beauté que vous éprouviez… et pourtant, lorsque vous le/la regardez, c'est comme s'il existait désormais deux personnes : celle d'avant et celle d'aujourd'hui. Totalement différentes, presque étrangères. Si vous tentez de comprendre comment cela a été possible, vous pourriez bien vous retrouver dans le même état que la femme hypnotisée par Messmer[1], qui se demande si elle aime les rats ou si elle les déteste. Le mental « repeint » la réalité pour qu'elle soit conforme aux mensonges.

Nous croyons voir le monde tel qu'il est ; nous pensons nous diriger pour atteindre nos objectifs mais nous ne sommes autorisés à voir que ce qui se trouve à l'intérieur des limites déterminées par nos mensonges. Nous ne voyons la vie qu'à travers un prisme déformant.

Nous façonnons un mensonge, nous lui donnons corps, puis nous le déposons à l'extérieur de nous (sur un objet, un animal, une personne…) en nous persuadant que c'est la réalité. En fait, le mensonge et la peur qui y est associée n'existent que pour nous. Nous le vérifions d'ailleurs aisément lorsque nous observons quelqu'un pris au piège de la peur. Si les araignées ne vous effraient pas, vous vous demandez sûrement comment *fait* quelqu'un pour se mettre dans un tel état face à une si petite bête !

---

1. Cf., dans ce chapitre, la sous-section intitulée « Hypnotisés ! » (p. 62).

Nous avons tendance à considérer la vie comme un film dont nous sommes acteurs. *Or notre vie est un film dont nous sommes le projecteur !*

Imaginons que j'aie créé la peur des chiens. Lorsque j'en rencontre un, je projette ma peur dessus et je me dis : « Ce chien me fait peur. » En fait, je le regarde à travers le prisme de ma peur mais, comme je n'en ai aucune conscience, je jure en toute honnêteté que c'est LA réalité, alors que je suis victime d'une illusion. Ce phénomène est très loin d'être marginal : comme la plupart des psychanalystes l'énoncent, plus de 95 % de notre monde est distordu. Les peurs recouvrent la quasi-totalité de notre conscience. Tant que nous n'avons pas effectué un travail pour nous en libérer, nous n'avons accès qu'à 5 % de la réalité qui nous entoure. Pour le dire autrement, nous croyons que le monde pénètre en nous tel qu'il est, alors que nous le repeignons d'instant en instant sans nous en rendre compte. Nous sommes donc piégés ! Nous nous croyons libres, alors que nous sommes solidement enchaînés. Ce « trou » dans la conscience crée en nous une sensation de malaise – « Quelque chose ne va pas » –, un sentiment diffus qui ne repose sur rien de précis, d'identifié, que nous sommes même gênés d'évoquer. Il y a de quoi être mal à l'aise : nous vivons dans une prison dont nous ne voyons pas les murs !

9. Au-delà du langage

◆ Il est interdit à Edwige de réussir sa vie et de vivre pour elle-même car le mensonge avec lequel elle doit vivre est celui du sacrifice d'elle-même. Son mental surveille ses faits et gestes d'instant en instant, juge intérieur évaluant chaque situation, prêt à sanctionner la moindre désobéissance. À quoi son mental s'est-il référé pour déclencher le sabotage ? Un jour où l'un de ses rendez-vous professionnels est annulé, elle décide d'aller faire du shopping pour se faire plaisir. Très rapidement, monte en elle un malaise... Finalement, après seulement 30 minutes, elle rentre chez elle bien qu'aucune tâche précise ne l'attende.

Quels arguments le mental a-t-il déposé dans sa balance intérieure pour rendre son jugement ? Si une commune souhaite obtenir le label « Village fleuri », elle soumet sa candidature à un jury qui l'évalue selon différents éléments : diversité, créativité, harmonie... Tout est minutieusement planifié. De même, que ce soient le professeur notant le devoir de son élève ou le juge de patinage artistique aux Jeux olympiques, le principe est toujours identique : la copie est comparée à un modèle « idéal ». À quoi le mental peut-il bien comparer chaque situation pour savoir si le mensonge reste vrai ? Quels sont ses critères ? La réponse se trouve encore dans les symboles.

Un monde symbolique

Un symbole est un représentant. Ce peut être un objet, une image, un son, un geste... Chaque symbole est un code compris de manière universelle. Un feu rouge symbolise l'arrêt, la couronne représente la royauté ; le lion, la puissance ; un sourcil relevé exprime l'étonnement. La main tendue symbolise un geste de paix, alors que le crachat marque le mépris… Il s'agit de codifier, d'élaborer en commun *un langage au-delà du langage*, ce que l'on nomme un métalangage.

Pour connaître l'origine des symboles, il nous faut remonter au temps des cavernes.

L'idée première était de se mettre d'accord sur une notion, une compréhension commune. Contrairement aux animaux dont les codes sont restés invariables (parades amoureuses, défense du territoire…), l'évolution de l'être humain a entraîné la nécessité de messages de plus en plus élaborés. Il a donc fallu complexifier les symboles. On peut y percevoir un langage avant le langage parlé avec l'intention sous-jacente de fluidifier, de faciliter les relations. De génération en génération, les symboles se sont élaborés, codifiant de plus en plus précisément les intérêts, les limites, les permissions, nuançant de plus en plus les messages.

Sans qu'aucun mot ne soit prononcé, je sais intuitivement si je suis accueilli « à bras ouverts » ou si l'on « me ferme la porte au nez ». Les symboles sont des codes, des règles. Ils se sont inscrits au plus profond de l'être humain, créant ainsi l'inconscient collectif déjà évoqué. De même que le mental est composé de pensées, l'inconscient collectif est composé de symboles. Plus ils se sont enracinés dans la structure profonde du mental, moins il est possible d'y échapper. Je regarde la colombe et j'y vois la paix. Impossible de poser les yeux sur l'oiseau blanc et d'y associer la guerre. C'est ainsi.

Nous baignons dans l'inconscient collectif. *Si celui-ci décide que la colombe est paix, il en est ainsi pour tous.*

Jung le résumait simplement : « En réalité, les hommes d'autrefois ne réfléchissaient pas sur les symboles. Ils vivaient et étaient inconsciemment animés par leur signification[1]. » Les symboles évoluent en fonction des lieux et des époques. Au temps où se nourrir était une préoccupation, un ventre rebondi était le symbole de l'opulence ; aujourd'hui, il est le symbole du laisser-aller.

Les codes implicites, les règles non écrites appartiennent à la Loi Symbolique (avec des majuscules pour en signifier la noblesse et la différencier de ce que l'on appelle la loi réelle). À l'inverse de la loi réelle, qui est écrite (Code pénal, Code civil, Code des impôts, Code de la route, règlement intérieur, règlement de copropriété…), la Loi Symbolique n'est écrite nulle part, mais transmise, consciemment ou inconsciemment.

On nous a tous (plus ou moins) enseigné la politesse et appris le « mot magique ». Qu'un enfant demande :
— Pourquoi faut-il dire merci ?
— Pour être poli.
— Oui, mais pourquoi faut-il être poli ?
— C'est comme ça. Il faut être poli et donc tu dis merci.

C'est non négociable, pas plus que son origine. La Loi Symbolique ne se justifie pas. Elle est. La loi réelle se fonde

---

1. Carl Gustav Jung, *L'Homme et ses symboles*, Paris, Robert Laffont, 1967.

sur la Loi Symbolique, elle en est issue. Ainsi, en France, lorsqu'un mariage est célébré à la mairie, les portes doivent être ouvertes. Si elles sont fermées, le mariage est nul. La loi réelle exige pourtant seulement que l'on se marie devant le maire… mais, pour la Loi Symbolique, on doit se marier en public, à la face du monde, et les portes ouvertes en sont le symbole. Ici, la loi réelle a repris et intégré un symbole pour en faire un objet de loi.

Les symboles imposent leur loi et nous en sommes tous prisonniers. La Loi Symbolique est présente en chacun et dicte une conduite idéale. Hélas, à cause des mensonges créés par le mental et qui s'accumulent depuis des générations, nous en constatons de plus en plus le délitement : passer quelques minutes dans le métro suffit à se rendre compte que la fluidité des rapports entre humains n'est plus à l'ordre du jour ; dire bonjour à la cantonade en pénétrant dans un magasin à Paris nous fait quasiment passer pour un extraterrestre… par contre, croiser un promeneur sur un GR (sentier de Grande Randonnée) déclenche un « bonjour » partagé car nous sommes instantanément intégrés au système des randonneurs et à leur code relationnel.

Les trois lois fondamentales

La Loi Symbolique universelle repose sur trois articles fondamentaux. L'évolution de l'humanité l'a conduite sur la totalité de la planète à obéir à ces trois lois.

• **Article 1** : « **Tu respecteras tes parents.** » – Tous les peuples de la Terre, tous les textes fondateurs l'expriment, nous devons respecter nos parents. Que ce soit le Coran : « Ton Seigneur [...] a prescrit d'être bon envers ses père et mère [...], garde-toi de leur manquer de respect[1] », ou la Bible : « Honore ton père et ta mère, afin que tes jours se prolongent dans le pays que l'Éternel, ton Dieu, te donne[2]. » Remarquons qu'il n'est pas dit « Tu dois aimer tes parents » ; seul le respect est demandé.

• **Article 2** : « **En tant que père, tu dois la sécurité à ton clan ; en tant que mère, tu dois l'amour à ton clan.** » – Un père est le garant de la sécurité de son clan, ce qui sous-entend implicitement qu'il lui doit aussi nourriture et protection. Une mère doit aimer chaque membre du clan et est parallèlement garante que l'amour circule bien entre tous.

• **Article 3** : « **Tu ne feras pas l'amour avec quelqu'un de ta famille.** » – C'est l'interdit de l'inceste, créé pour assurer la pérennité de l'espèce.

Toutes les autres lois symboliques découlent de celles-ci. Elles sont inscrites au plus profond de nous et conditionnent notre sens profond de la justice. Remarquons que celui-ci peut être en contradiction totale avec la loi réelle. Ainsi, si nous sommes « flashés » et verbalisés pour avoir roulé à 80 km/h sur le boulevard périphérique de Paris (limité à 70 km/h) à 3 heures du matin, alors que nous sommes seuls, notre sens de la justice se hérisse !

Équilibre psychique et Loi Symbolique

Une loi écrite est toujours créée pour pallier un dysfonctionnement de la Loi Symbolique. Que ce soit « Chacun a droit

---

1. Coran, sourate 17, « Le Voyage nocturne », verset 23.
2. Exode 20-12.

au respect de sa vie privée[1] » ou « Interdiction de cracher[2] », une loi réelle vient figer ce qui était implicite et de bon sens, et assurait la fluidité des relations entre tous. Moins la Loi Symbolique fait office de règle, plus les lois réelles s'accumulent. Nous avons même aujourd'hui inversé la tendance en nous référant presque uniquement à la loi réelle. Il y a bien longtemps que nous ne cherchons plus à pallier un manque de la Loi Symbolique, nous disons plutôt : « Il existe là un vide juridique, il faut vite le combler ! » Le summum étant peut-être atteint lorsqu'on libère, à cause d'un vice de procédure, un criminel arrêté en flagrant délit (et donc coupable).

Bien que notre société tente de nous faire croire que seule la loi réelle existe, *notre équilibre psychique repose toutefois sur le niveau symbolique.* Lorsque j'étais éducateur, j'ai beaucoup travaillé auprès d'adolescents en difficulté. Il arrivait qu'un jeune profite de ma présence pour faire à ses parents une scène de reproches : « Vous ne m'avez jamais rien donné, je n'ai jamais rien reçu de votre part ! » Et les parents de rétorquer : « Que racontes-tu ? Tu as toujours eu une chambre, des vêtements, de la nourriture, des cadeaux ; nous t'avons payé ta scolarité, ton inscription aux clubs de sport... On t'a tout donné, tu as tout eu ! »

Ils ne pouvaient se comprendre car ils ne parlaient pas de la même chose. Les parents clamaient : « Tu as tout eu au niveau réel », alors que l'adolescent criait : « Je n'ai rien

---

1. Article 9 du Code civil.
2. Règlement intérieur d'un collège.

eu au niveau symbolique ! » Sous-entendu : « J'ai manqué d'amour et de sécurité. »

Le proverbe « L'argent ne fait pas le bonheur » procède du même principe : notre bonheur ne se trouve pas au niveau réel, il se situe au niveau symbolique. Pour quelle raison un certain nombre de personnes riches et célèbres semblent aller si mal, alors qu'elles ont tout : l'argent, la reconnaissance, les conquêtes amoureuses ? Le problème est précisément qu'elles ont tout au niveau réel mais, ne possédant pas la connaissance du niveau symbolique, *elles ignorent ce qui leur manque.*

Ainsi, nous croyons souvent qu'obtenir ce qui nous manque nous rendra heureux : « Si j'avais de l'argent, si j'avais une maison, si je rencontrais l'âme sœur, tout irait bien ! » Non, ce n'est pas d'argent dont nous manquons, mais d'amour et de sécurité. Comme ils nous font cruellement défaut, nous cherchons à combler ce manque. Et nous voilà à courir après les moyens matériels, non pour ce qu'ils sont mais pour ce qu'ils représentent. Cette course peut même devenir une maladie. Celui-ci possède un million, il en veut deux ; il en a deux, il en veut dix, cinquante… C'est un puits sans fond. Il en est de même pour l'homme d'âge mûr qui enchaîne les jeunes conquêtes, sans jamais trouver l'amour qu'il attend. Tous deux se perdent inconsciemment dans la quête de symboles.

Moins nous sommes conscients de leur importance et plus nous sommes démunis pour être aux commandes de notre vie. Hélas, nous avons perdu de vue l'objectif originel du symbole. Le but du « bonjour » était de souhaiter un bon jour à la personne à qui on l'adressait et par là même symbolisait l'intérêt que l'on portait au bien-être de celle-ci. Vidé de son intention initiale, il n'est plus qu'une coquille vide, semblable au « Allô » machinal lancé au téléphone. La poignée de main, d'abord symbole de franchise, a perdu de sa substance. Ce que l'on présente dans l'assiette de l'invité a plus d'importance que l'amour avec lequel on l'offre. Nous faisons mine de communiquer, alors que nous sommes isolés de chaque côté de nos téléphones, smartphones ou ordinateurs. Moins nous nous référons à la Loi Symbolique, moins nous sommes en reliance[1], en interaction avec l'autre, et moins nous partageons avec lui. C'est dommage, car c'est grâce aux échanges au niveau symbolique que se construit notre identité. Dans une discussion, le message que nous émettons nous est renvoyé par l'autre ; il agit comme un miroir et nous permet de construire et de moduler la représentation que nous avons de nous-mêmes. Une conversation basée sur l'objectif d'échanger et de s'enrichir en étant authentiques et sincères permet de se définir soi-même et de s'améliorer.

Confinés au monde réel, nous sommes régis par l'avoir, le faire, le savoir et le pouvoir. Privés de ce que seul l'échange au niveau symbolique peut nous apporter, nous cherchons à nous faire croire (et à faire croire aux autres) que des objets ou des positions (chef, élu, dirigeant…) nous conféreront une identité. Selon les cas, nous montrerons nos Nike, notre

1. Terme proposé en 1963 par le philosophe Roger Clausse avec l'acception de « connexion », et repris en 1970 par le sociologue Marcel Bolle de Bal, qui lui ajoute « le sens, la finalité, l'insertion dans un système », en faisant ainsi le contraire d'« isolement ».

home cinéma, notre nouvelle voiture, notre femme ou notre homme, ou encore notre place de chef, cherchant chez l'autre l'attestation que nous sommes *quelqu'un*. Hélas, nous n'obtenons jamais rien puisque nous émettons du vide, des symboles dépourvus de substance. On se souvient de la phrase tristement célèbre de Jacques Séguéla : « Si à cinquante ans on n'a pas une Rolex, on a quand même raté sa vie[1]. »

Privés d'amour et de sécurité, nous cherchons donc notre identité à travers des symboles, avides d'une place dans le regard de l'autre. C'est ce qui faisait déjà dire à Winston Churchill : « L'un des problèmes de notre société aujourd'hui, c'est que les gens ne veulent pas être utiles, mais importants. »

10. L'injonction du malheur

Pour notre inconscient, la symbolique est tout et la réalité n'est rien. Le mental pèse chaque situation et détermine au cas par cas si le mensonge qu'il a construit est préservé. Ses critères de décision ? Les symboles. Si le symbole qui se présente confirme le mensonge, le mental donne son feu vert pour poursuivre l'action entamée. Ainsi, si mon père, se croyant lui-même sans valeur, véhicule la peur d'être riche, je suis obligé de croire qu'il a raison (toujours dans l'idée de ne pas perdre la garantie que « papa = sécurité »), et par conséquent je suis contraint de construire le mensonge que je

---

1. Déclaration du 13 avril 2009 sur le plateau de « Télématin ».

dois être pauvre. Si j'accède à un emploi rémunéré au SMIC, mon mental considère que tout va bien (s'il a inscrit le SMIC comme symbole de pauvreté). Par contre, si un symbole de richesse se présente, le mensonge devient faux, l'ordre est alors donné par mon mental de saboter mes chances d'être riche. Si je dois être pauvre et que je gagne au Loto, j'entre en contradiction avec le mensonge... je vais devoir perdre cet argent. Si Edwige s'octroie du temps pour elle-même, c'est le signe qu'elle ne se sacrifie plus. Elle doit se saboter. Elle rentre donc à son domicile, symbole de son sacrifice permanent.

Le mental scrute notre monde seconde après seconde, guettant les symboles. Selon le sens donné par l'inconscient collectif, ils valident ou invalident nos mensonges. Nous nous sommes ainsi construit une prison inviolable dont les symboles sont les gardiens.

Nous choisissons un type de sabotage parmi trois stratégies différentes. Imaginons un enfant qui a construit le mensonge qu'il doit vivre dans l'insécurité. Il a durant toute son adolescence entendu que, pour être à l'abri du besoin, il fallait gagner au moins 3 000 euros par mois. Tant qu'il gagne moins, son mental le laisse tranquille car le mensonge reste vrai. Mais il suffira qu'il soit augmenté à 3 100 euros pour être licencié dans le trimestre suivant, sans percevoir le processus inconscient mis en œuvre. Il se posera même certainement en victime, sans comprendre qu'il est l'auteur de son propre sabotage. Jour après jour, année après année, il devra conserver dans sa vie au moins un symbole d'insécurité, attestant que le mensonge sur lequel il s'est construit demeure vrai. Il s'agit là d'un processus de sabotage direct.

Il existe aussi des sabotages « par annulation ».

♦ Christelle devait bannir de sa vie tout symbole de réussite dispendieuse. Son entreprise met à sa disposition une voiture de fonction de marque prestigieuse. Elle ne cesse de l'abîmer par des accrochages incessants, annulant ainsi le premier symbole par un symbole opposé. L'obligation de sabotage engendre une opposition entre force consciente et force inconsciente. Consciemment, la personne désire obtenir un résultat, mais inconsciemment elle se l'interdit. Qui n'a jamais prononcé cette phrase : « C'est plus fort que moi » ? À quoi renvoie « c' » ? Tout simplement à notre mental. Nous avouons à notre insu que notre mental est plus fort que nous et qu'il nous mène par le bout du nez !

S'accuser de ce que l'on subit est toutefois insuffisant.

♦ Laurence, dont la mère est dépourvue d'affection, construit le mensonge qu'elle n'en mérite pas. Cela explique pourquoi elle n'en reçoit pas… mais elle en est toujours dépourvue ! Or, comme chacun d'entre nous, elle en a *absolument* besoin. En créant le mensonge, le mental n'a donc fait que repousser le problème sans le résoudre. Il est hors de question de rester sans amour ; pour autant, il est impossible de modifier la réalité. Le problème semble insoluble. Pour contourner l'impossible, parce que la vie sans amour est un enfer, le mental prolonge tout simplement le mensonge. Au lieu de s'arrêter à « Cela est de ma faute », il ajoute : « C'est parce que je ne fais pas ce qu'il faut. » Ainsi, si sa mère ne lui donne pas d'amour, c'est qu'elle ne fait pas ce qu'il faut. Laurence passe ainsi du risque de mourir par manque d'amour à un espoir de le recevoir *si elle fait ce qu'il faut*. Le subterfuge vaut le coup car l'espoir fait vivre. Une fois cet ajustement réalisé, elle peut accepter ce manque d'amour inacceptable puisqu'elle le recevra *un jour*, à condition que… C'est la stratégie de l'amour conditionnel. Dans la réalité, elle ne le recevra jamais, mais c'est désormais sans importance puisque le but est juste de créer de l'espoir. L'espoir que l'amour arrivera un jour. *Il s'agit ni plus ni moins que de s'auto-hypnotiser.*

« Si je dis à maman qu'elle est belle, elle m'aimera », « si je rapporte des bonnes notes de l'école, elle m'aimera », etc. Cela devient une forme de mendicité. Par la suite, le mensonge se déploie sur une vie entière passée à quémander inconsciemment. Sans cesse, le mental pose la question « Que dois-je faire pour être aimé ? ». En conséquence, la vie n'est plus dirigée par la question « Que convient-il de faire dans cette situation ? » mais par « Qu'est-ce que j'imagine que l'autre attend de moi et qui me permettra de recevoir son amour ? ». Ce fonctionnement vous évoque-t-il quelque chose ? Probablement… Ne mendions-nous pas tous de l'amour ?

L'espoir est un moyen. C'est un signal que je m'envoie à moi-même pour avancer vers mon objectif. Si un comédien a espoir de décrocher un rôle, c'est pour l'obtenir : l'espoir est un moyen d'atteindre son but. Il est devenu un objectif car le but est désormais de *créer* de l'espoir. On transforme un moyen en objectif. Cette transformation, ce glissement du moyen à l'objectif porte un nom : la perversion.

De ce point de vue, la perversion est omniprésente dans notre société : vouloir de l'argent est pervers puisqu'il s'agit de courir après un moyen ; vouloir un travail est pervers puisqu'il devrait être le moyen d'exprimer sa créativité ; vouloir être reconnu est pervers puisque la reconnaissance devrait être le moyen d'évoluer, etc. Ayant perverti l'espoir, nous avons aussi corrompu son message, qui est devenu « Accepte l'inacceptable ».

Amour conditionnel d'un côté, sécurité conditionnelle de l'autre, nous vivons dans un monde que nous avons nous-mêmes perverti, acceptant l'inacceptable dans l'espoir que les choses changeront. Dans combien de situations inadmissibles demeurons-nous parce que nous avons l'espoir que cela évoluera ? Combien de couples se déchirent mais continuent dans l'espoir que cela s'arrangera ? Combien de personnes, ne supportant pas la pauvreté, nourrissent l'espoir de devenir riches en jouant au Loto, alors qu'en vérité elles ont plus de chances de sortir vivantes d'une chute du sixième étage que de gagner ? Mais cela n'a pas d'importance car, au fond, ce qu'elles cherchent, c'est l'espoir...

11. Le puits des mensonges

Chaque fois que nous avons subi un manque d'amour ou souffert d'une absence de sécurité de la part de nos parents, nous nous sommes rendus responsables de ce que nous subissions. J'insiste sur ce point tant il est capital dans la compréhension de la façon dont la peur se tisse. Chaque fois, nous avons subi un traumatisme car notre mental percevait ces manques comme un réel danger de mort. Chaque fois, c'est comme si nous avions reçu un coup de poing dans le ventre et le phénomène de refoulement et le mensonge ont eu beau nous les faire temporairement oublier, des dizaines d'années après l'impact est toujours là, intact, vivant. Au niveau symbolique, cela s'inscrit en nous comme un vide, une zone de non-vie.

Ces vides s'accumulent jusqu'à former un gigantesque gouffre où règnent la mort et l'effroi. Toutes nos peurs enfantines y sont tapies, intactes. La folie rôde aux abords de cet abîme. En effet, notre mental considère comme dangereux de regarder en face un seul de ces traumatismes, de peur d'y découvrir la défaillance de l'un de nos parents... Quant à en contempler la somme, c'est inenvisageable !

L'une des tâches de notre mental consiste précisément à nous empêcher de regarder dans ce puits. Il élabore pour cela un véritable mur et en bétonne l'accès pour l'isoler hermétiquement. Les psychanalystes nomment cela les défenses psychiques. Si elles s'effondrent, on parle alors de décompensation, c'est-à-dire d'un effondrement par perte de ces protections.

Sans que nous en ayons conscience, nous passons notre temps à en détourner le regard. Cela devient même une seconde nature. Aveugles à ce mécanisme en nous, nous le remarquons parfois chez l'autre qui « refuse de regarder les choses en face ».

Hélas (ou heureusement), nous ne sommes pas parfaitement protégés. Il arrive que nous soyons surpris par un événement qui fasse écho à l'un de ces traumatismes enfouis. En analyse transactionnelle, ce phénomène est appelé « élastique » : par sa ressemblance en termes de situation, de personne, d'odeur, un événement nous ramène brutalement à un choc initial (c'est la madeleine de Proust), comme tiré par un élastique. En un instant, les défenses sont balayées et nous contemplons ce que notre mental a si soigneusement caché : c'est l'écroulement.

♦ Raphaël voit sa maison être détruite lors d'un incendie. La famille, indemne, contemple impuissante l'incendie ravager sa demeure. Ce traumatisme puissant sera parfaitement géré par le mental qui refoulera l'événement. Des années plus tard, Raphaël est au volant de sa voiture lorsqu'elle s'embrase. Il s'arrête et s'écarte du sinistre, sain et sauf… mais l'élastique le ramène à l'incendie de sa maison des années plus tôt : il s'effondre. Et me consulte.

Le plus souvent, notre mental gère les élastiques. Au moment du bond en arrière, il interrompt le processus à la manière d'un compteur électrique que l'on disjoncte. On reconnaît le processus à la question type qui surgit souvent dans ces moments-là : « Mais qu'est-ce qui m'arrive ? » L'émotion qui accompagne cette coupure est l'incompréhension : « Mon univers bascule, je ne possède pas les clés pour décoder ce qui m'arrive. » Et pour cause ! Notre mental vient de se livrer à l'un de ses fameux tours de passe-passe hypnotiques.

Raymi Phénix, autre célèbre hypnotiseur de music-hall, présente un numéro qui produit toujours son petit effet. Il fait monter plusieurs personnes sur scène. Il hypnotise une femme et lui enjoint de ne plus voir tel autre participant. De son point de vue, l'homme a alors totalement disparu, comme invisible. Il annonce alors à la femme qu'il va faire léviter un verre posé sur une table. L'homme « invisible » prend le verre et le déplace dans la pièce… et la femme, éberluée, le voit flotter en l'air ! Voir l'étonnement incrédule se peindre sur ses traits est spectaculaire.

C'est selon ce même principe que nous faisons disparaître d'une situation la partie dérangeante qui nous renvoie au gouffre. Nous nous auto-hypnotisons pour ne plus en percevoir le caractère traumatique.

Prenons un exemple farfelu : une personne doit traverser une averse d'une rare violence et, pour surmonter sa peur, elle s'auto-hypnotise et transforme les trombes d'eau en légère bruine. Se retrouvant à l'abri, elle s'interroge : « Comment se fait-il que je sois trempée comme une soupe ? Je ne comprends pas ! »

Lorsqu'une personne que j'accompagne m'énonce son ressenti à propos d'une situation douloureuse avec l'un de ses parents – un père qui frappe, une mère qui punit de façon disproportionnée, une situation d'abandon… –, l'incompréhension est toujours présente. L'événement est trop énorme et le mental en supprime une partie par auto-hypnose.

Combien de fois nous sommes-nous exclamés : « J'étais tellement abasourdi que je suis resté sans réaction ! » Ici se trouve l'origine de l'expression « Mon cerveau tourne à vide ». C'est qu'alors nous sommes incapables de traiter la situation par manque d'éléments d'analyse.

Au fur et à mesure que le choc traumatique s'éloigne, que le temps passe, le mental nous fait revenir peu à peu à la vie. Pour conserver l'image du compteur électrique, il rétablit le courant lorsque nous nous écartons suffisamment de la zone jugée dangereuse.

◆ Pascal jouait au poker de façon très professionnelle pour arrondir ses fins de mois. Il fréquentait des clubs de jeu et savait miser de façon réfléchie. Il gagnait ainsi quelques centaines d'euros par mois. Un soir, il se retrouve dans une situation où il a 99 % de chances de gagner. Du coup, il mise le montant de son salaire mensuel… Et il perd ! Plus tard, il racontera que tout s'est arrêté pour lui, il s'est levé, est sorti comme un zombie, s'est assis sur le bord du trottoir et il est demeuré là le restant de la nuit. Au matin, il s'est remis à marcher et, petit à petit, des pensées sont revenues, en même temps qu'un profond chagrin. Il était effondré, perdu. C'était comme s'il sortait progressivement d'une anesthésie et que la vie, en revenant, apportait la souffrance. Cette situation avait fait écho à une autre, survenue dans son enfance et enfouie jusqu'à ce jour. Un déclic s'était opéré, il m'a alors contacté pour affronter ses peurs.

Ce gouffre affectif est le puits de nos névroses. C'est tout le désespoir accumulé, toutes nos petites morts provoquées par le manque d'amour et de sécurité. Et plus que tout, pour les tenir à l'écart, le mental impose le silence. Il faut voir ici l'origine des non-dits car tout ce qui évoque notre souffrance doit être tu : en parler serait comme tirer sur un fil qui dépasse, en risquant alors de détricoter l'ensemble ! Notre mental nous envoie constamment cette injonction : « Tais-toi ! » C'est tellement plus simple que de parler…

Voilà pourquoi nous répondons « Tout va bien » à un ami qui demande de nos nouvelles, bien que nous soyons en pleine détresse professionnelle ou affective. Voilà pourquoi nous sommes si souvent, trop souvent, impuissants lorsque nous voyons l'un de nos proches prétendre qu'il va bien alors qu'il souffre terriblement *et que nous le savons*. Personne n'est dupe mais tout le monde doit se taire et pratiquer la politique de l'autruche : « Détourne le regard du gouffre ! C'est un ordre ! »

La loi d'airain du symbole

Nos peurs irrationnelles sont donc simplement des mensonges. Il n'y a aucun danger réel à gagner plus de 3 000 euros, à parler en public, à désirer une femme, à posséder une belle voiture ou à ouvrir une porte. Ce ne sont que des symboles représentant un manque, un traumatisme… mais ils dictent leur loi d'airain.

Concrètement, une souris ne représente aucun danger, ce n'est qu'en tant que symbole qu'elle peut être dangereuse, et elle provoque alors la même peur qu'un chien enragé.

Notre existence entière est soumise à des injonctions et à des interdictions. Nous sommes tyrannisés par des symboles et notre vie nous échappe. Nous traitons des dangers illusoires comme s'ils étaient réels. Nous sommes perdus, confus, parce qu'une partie de nous sait que la réalité n'est pas menaçante. Lorsqu'il s'agit de la phobie des souris, il est aisé de déclarer « C'est comme ça, j'ai peur des souris » et de passer à autre chose ; il en va différemment lorsqu'il s'agit de vivre en ayant peur sans arrêt de sortir de chez soi, d'être agressé, de parler en public… Nous subissons des dizaines de programmes de peur qui tournent en boucle de façon permanente : « Pourvu que personne ne me rejette, pourvu que je n'échoue pas, pourvu que personne ne me montre du doigt… » De plus, leur caractère inconscient nous rend totalement impuissants. Nous sommes dans la prison et nous avons jeté la clé.

12. Des émotions par milliers

Tous les jours, nous poursuivons, le plus souvent sans en avoir conscience, des milliers d'objectifs. Nous prenons entre 5 000 et 6 000 décisions par jour, généralement insignifiantes, comme de saisir un crayon ou d'allumer la radio ; ou plus importantes comme de décider de se marier, de changer de ville ou de métier, ou de s'engager dans une entreprise humanitaire. Chaque fois, nous sommes guidés par une fonction corporelle : l'émotion.

L'émotion est un message transmis par le corps. Elle peut être provoquée par un stimulus externe ou par une association de pensées. Expression la plus pure de notre vérité la plus profonde, elle doit être décodée, puis transmutée. Autrement dit, une émotion nous révèle la plus grande vérité à propos d'une situation. Elle emprunte un autre chemin que celui du mental car c'est un message chimique, véhiculé par des hormones libérées par les glandes endocrines. C'est une drogue naturelle relâchée dans notre corps. Plusieurs glandes peuvent être sollicitées en même temps, multipliant les possibilités ; les doses envoyées déterminent l'intensité. Ainsi, les possibilités de messages sont innombrables.

De l'amour et de la peur

Le principe des messages est très simple : si nous nous rapprochons de notre objectif, nous ressentons une émotion positive ; si nous nous en éloignons, c'est une émotion négative. Cela signifie que l'on peut séparer les émotions en deux grandes familles : les positives et les négatives.

Lorsque nous ressentons une émotion positive, nous sommes dans le registre de l'amour : derrière le contentement, la satisfaction ou la joie, il y a toujours de l'amour. Lorsque nous ressentons une émotion négative, nous sommes dans le registre de la peur ; derrière la honte, la tristesse ou la colère, il y a toujours de la peur, même si nous n'en avons pas conscience.

Les émotions positives sont porteuses d'un message générique que l'on peut décoder comme « C'est bon pour moi, je continue », sous-entendu : « Je suis invité à me souvenir de ce que j'ai fait pour atteindre ce résultat afin de le reproduire à l'envi. » Les émotions négatives sont aussi porteuses d'un message global : « Je suis dans une situation indésirable, je dois rectifier mon attitude, mon comportement ou mon action. »

Le message de chaque émotion possède quatre caractéristiques :

- il est invariable. La tristesse, par exemple, signifie toujours la même chose ;

- il est universel. Le message de la tristesse est identique à Pékin, New York ou Paris ;

- son intensité est proportionnelle à l'importance de l'objectif. L'émotion associée à la prise d'un crayon est moins puissante que celle ressentie lors d'une demande en mariage ;

- il est très précis. Une émotion négative est si précise qu'elle nous dit en quoi la situation est indésirable et comment en sortir (ou quel choix nous avons pour cela).

Lorsque nous sommes dans une situation indésirable, nous n'avons que trois solutions pour en sortir : accepter, améliorer, quitter.

Nous partons à bicyclette, sans gants, par un matin glacial. Dès le démarrage, nous sentons que nous allons avoir très froid aux mains ; nous ressentons de l'inconfort et de l'appréhension. Nous avons le choix entre :

- accepter : continuer notre chemin en ayant froid ;

- trouver une solution (améliorer) en faisant demi-tour pour aller chercher nos gants ;

- quitter, en rangeant notre vélo et en décidant de prendre notre voiture.

Les émotions surgissent ici en réaction à un stimulus externe. L'inconfort nous invite tout simplement à revenir au confort et l'appréhension nous prévient que cela risque de s'accentuer. Quelle que soit notre décision, si nous la prenons en connaissance de cause, en étant conscient du message que nous envoie notre corps (que nous décodons), les émotions refluent. Physiologiquement, les hormones sont éliminées dans nos urines. Nous avons transmuté notre émotion.

Si aucune de ces solutions n'est choisie, la situation indésirable perdure et le corps continue d'envoyer des messages. Si notre voisin envahit l'espace d'une musique assourdissante, nous ressentons de l'agacement mais ne faisons rien ; les émotions s'intensifient, nous passons peut-être à de la colère ; nous restons toujours immobile… la colère augmente. Comme nous ne la transmutons pas, les hormones s'accumulent en nous. Cette accumulation porte un nom : le stress. Or le stress est conçu pour être temporaire. Il n'est pas naturel de le conserver, il doit être évacué au fur et à mesure. Lorsque ce n'est pas le cas, le mental tente de l'évacuer autrement et met en œuvre une quatrième solution : la plainte. Elle est bien évidemment totalement stérile (elle ne génère aucune solution), apportant seulement un soulagement au niveau du stress. Cependant, c'est – hélas – une des solutions préférées de l'être humain.

Devenir l'émotion

Un autre phénomène se produit ; puisque nous ne considérons pas l'émotion comme un message et que nous ne la décodons pas, *un système d'identification se met en place : nous devenons l'émotion*. « Je *suis* triste ; je *suis* honteux ; je *suis* contrarié. » Chaque fois, nous nous identifions à ce que nous ressentons. C'est une forme de stupidité émotionnelle car nous ne *sommes* pas tristes, nous sommes traversés par la tristesse.

Nous devenons le jouet, l'objet de notre émotion. La colère en est un très bon exemple. Que de choses incohérentes sont faites et dites sous le coup de la colère, regrettées après, bien sûr : mais trop tard, le mal est fait… Remarquons qu'*a priori* nous pratiquons tous la stupidité émotionnelle individuellement, mais aussi socialement. Il est de bon ton en société de cacher ses émotions, d'éviter de se laisser aller. D'ailleurs, nombre de techniques existent pour *maîtriser* ses émotions. Céder à la mode de cette gestion des émotions permet seulement de différer le problème car leur cause première est toujours ignorée. En vérité, il ne s'agit aucunement de les maîtriser ou de les « gérer », mais d'écouter ce qu'elles ont à nous dire !

La peur est l'émotion négative de base puisque nous évoluons soit dans le registre de l'amour, soit dans le registre de la peur. Le message de la peur en tant qu'émotion est « Attention, danger ! ». Lorsque nous la ressentons, nous nous préparons immédiatement à la fuite ou à l'attaque. Analysée et interprétée par le mental, la peur devient un sentiment dont le message est : « Attention, tu n'es pas prêt, tu ne possèdes pas les compétences pour. »

◆ Victor n'a jamais parlé en public et doit prendre la parole devant 200 personnes : il a peur. Son corps lui dit clairement qu'il doit accomplir quelque chose pour se préparer. Son texte est-il impeccable ? A-t-il répété ? Son intervention est-elle bien chronométrée ? Connaît-il les astuces physiques (respiration, gestuelle...) pour parler en public ? S'il est intelligent émotionnellement, il se posera ces questions et y répondra. En élevant son niveau de conscience par rapport à ses lacunes, il cherchera des solutions, s'améliorera, montera en compétence et donc en confiance[1].

L'intelligence émotionnelle

On nomme intelligence émotionnelle la capacité à écouter ses émotions, à les décoder et à agir en conséquence. Être intelligent émotionnellement, c'est passer de « Je suis en colère » à « Mon corps m'envoie de la colère, quel est

---

1. Dans cet exemple, la peur est à différencier du trac. Le trac est une tension qui apparaît pour passer à l'action. Le corps envoie des drogues, comme l'adrénaline, pour soutenir l'effort qui va être produit.

le message ? ». C'est se désidentifier de l'émotion pour prendre connaissance du message, c'est-à-dire le décoder[1]. Une fois en possession du message, il suffit de se poser la question « Que requiert la situation ? » pour décider de l'une des trois options : accepter, améliorer ou bien quitter. Utilisée quotidiennement, l'intelligence émotionnelle permet de résoudre l'immense majorité des problèmes relationnels. Ainsi que l'enseignait le Bouddha, « rester en colère, c'est comme saisir un charbon ardent, avec l'intention de le jeter sur quelqu'un : c'est vous qui vous brûlez ».

Il est dans la nature de l'être humain d'être intelligent émotionnellement. Or nous sommes sourds à nos émotions et notre quotidien affiche une triste réalité : nous nous identifions aux émotions et continuons à tourner en rond dans nos peurs comme un hamster dans la roue de sa cage. Comment sommes-nous devenus si stupides émotionnellement ?

Un père dévalorise son fils, ressassant inlassablement qu'il est nul, qu'il n'arrivera jamais à rien ! L'enfant, parmi toutes les émotions qui surgissent en lui, ressent d'abord de la peine. S'il est intelligent émotionnellement et qu'il décode le message de son émotion, il comprend que son corps lui dit : « Attention, ton père est en train de te trahir ! » Autrement dit, il est informé que la personne qui

---

1. Il faut pour cela posséder une grille de décodage. Il en existe sur Internet et j'en propose une dans mon livre *Festen, mode d'emploi*.

devrait le soutenir, être son allié le plus fidèle, est en train de devenir son ennemi. Cet avertissement reflète l'incontestable réalité de la situation, son père est réellement en train d'accomplir l'exact contraire de ce qu'il devrait : il n'honore pas sa mission de père. L'émotion délivre un message juste, correspondant à la vérité et au besoin le plus profond de cet enfant.

Hélas, le mental examine cela et réalise immédiatement l'irrecevabilité de cet avertissement : encore et toujours, prendre en compte ce message revient à reconnaître que « papa = *pas* sécurité ». Impossible. C'est la règle de base qui jamais ne doit être remise en cause. Le mental use alors de son droit de veto, de suprématie. C'est une question de survie. Il convient donc d'être sourd, de nier sa chimie interne. En *devenant* la peine, il tourne en boucle et cette rumination lui interdit toute compréhension.

Cette « stupidité émotionnelle » a mis des siècles à devenir la norme. Chez les peuples premiers, l'émotion était prise en compte. Elle était même un guide précieux. Dans les sociétés « modernes », génération après génération, nous avons développé notre surdité, finissant tout bonnement par perdre le souvenir de la fonction première de l'émotion.

Nous le payons cher : nous laissons passer la meilleure chance de résoudre toutes les difficultés relationnelles, tous les conflits, préférant le mode de la plainte et du drame. En nous identifiant à nos émotions, nous perdons notre lucidité et notre intelligence. Alors que l'intelligence émotionnelle nous permettrait d'être jusqu'à 800 fois plus efficaces[1].

Chacun sait que la colère est aveugle et stupide. Nous accumulons ainsi du stress qui, en plus de générer des désordres physiques, renforce encore le phénomène et la difficulté à résoudre les relations difficiles. Enfin, les émotions négatives non décodées et non transmutées génèrent des pensées négatives. Comme nous l'avons vu, une personne qui n'a pas réalisé de travail sur soi génère en moyenne neuf pensées négatives pour une pensée positive. La médecine holistique, qui prend en compte l'être humain dans sa globalité, estime que c'est la cause première du vieillissement et de la plupart des maladies.

13. Quand la peur ambiante se diffuse

Comme notre mental est binaire, nous appréhendons chaque situation en fonction de cette dualité. Nous sommes en sécurité ou en insécurité, dans la confiance ou le doute, la méchanceté ou la gentillesse... l'amour ou la peur. Le plus souvent, nous penchons du côté de la peur. Elle est tout d'abord intérieure, issue de nos mensonges originels, mais elle trouve aussi un écho dans les peurs qui nous proviennent de l'extérieur. Notre époque est plongée dans un climat de peurs. L'atmosphère en est complètement chargée.

---

1. Daniel Goleman, *L'Intelligence émotionnelle*, t. 2 : *Accepter ses émotions pour s'épanouir dans son travail*, Paris, J'ai lu, 2003.

Catastrophes, accidents, guerres, désastres, terrorisme, virus mortels… Nous vivons dans un monde contre nature dans lequel il est interdit de montrer un corps nu, mais il est autorisé et même banalisé de montrer des morts, des crimes, des tueries…

Nous ressentons du danger dans l'air. Certes, mais dans notre quotidien où est-il ? La peur ambiante ressemble étrangement aux peurs que nous avons nous-mêmes créées : c'est une baudruche qui se dégonfle face à la réalité. Ainsi, nous avons beaucoup plus peur des requins que des moustiques, alors que les premiers tuent une dizaine de personnes par an… les seconds 2 millions[1] ! En France métropolitaine, la peur des vipères est très forte, pourtant, entre un et cinq décès seulement sont dus chaque année à leur morsure[2].

Il en va de même pour notre perception de la sécurité dans le monde. La majeure partie des gens aiment leur famille, respectent leurs voisins. Il existe une multitude de preuves de solidarité, des initiatives de partage, mais qui en parle ? Nous assistons encore ici à un processus hypnotique : on se focalise sur l'exception et notre mental se laisse – lui aussi – prendre.

Le lendemain des attentats du 7 janvier 2015 contre *Charlie Hebdo*, des amis m'ont appelé, ils se sentaient vraiment très mal. Un point commun les unissait : ils avaient passé leur journée et leur soirée devant leur écran de télévision.

---

1. Article du *Figaro*, 9 août 2012.
2. Dr Dominique Savary, *Guide pratique du secours en milieu périlleux*, Estem, 2006.

Lorsqu'une ambiance de peur ou de joie est créée autour d'un événement, une énergie se propage. Ce phénomène porte le nom d'égrégore. Il en existe des négatifs et des positifs. Lorsque l'équipe de France a gagné la Coupe du monde de football en 1998, tout le monde était joyeux, même ceux qui n'aimaient pas le foot ! C'est un des plus intenses égrégores que nous ayons connus. Plus loin dans le passé, il y a eu la Libération en 1945. Cette propagation d'énergie génère aussi les phénomènes de foule.

Vers l'âge de vingt ans, j'étais allé assister à un match du Paris-Saint-Germain au Parc des Princes. Durant la rencontre, la tension était vive et, lorsque l'équipe de Paris a marqué, le stade entier s'est levé : je me suis retrouvé debout à crier avec les autres ! Là, quelque chose s'est passé en moi. Je me voyais faire, tout en me demandant ce qui m'arrivait, parce que au fond cela m'indifférait totalement que cette équipe gagne ou perde.

Cela nécessite un effort de conscience et de dissociation de prendre de la distance dans de telles circonstances. C'est une autre manifestation de l'inconscient collectif ; nous baignons dans cette vibration, elle nous imprègne et, si nous ne sommes pas conscients de son influence, nous en prenons la teinte. De la même façon que nous devenons l'émotion à laquelle nous nous identifions, nous devenons la peur ou la joie qui nous entoure.

Le journal télévisé crée, par son influence sur des millions de personnes, un effet hypnotique. Nous constaterions le même résultat si Messmer, sur scène, ordonnait aux personnes hypnotisées d'avoir peur. Elles se mettraient à trembler, à se cacher sans que rien, bien sûr, ne les menace.

La peur ainsi distillée, relayée et renforcée par la masse nous pénètre et vient faire écho à nos peurs intimes, créées par notre propre mental. Elle vient les exciter, comme une impulsion électrique vient contracter le muscle qu'elle stimule. Nos peurs internes en sont amplifiées, ce qui renforce les effets négatifs du message envoyé. Une sombre spirale est ainsi générée et elle engendre une tension négative sans même que nous en soyons conscients. Nous sommes pris, tel un animal dans les phares d'une voiture sur le bord d'une route la nuit.

Nous possédons un exemple de tension inconsciente : un appareil électrique proche et non relié à la terre produit un champ électromagnétique qui se propage dans notre corps et contracte nos muscles à notre insu… Débranchons-le et l'effet cesse instantanément.

Les peurs relèvent du même principe de cause à effet. Il suffirait d'en interrompre la source, c'est-à-dire de supprimer l'injonction du mental d'avoir peur, pour retrouver la joie de vivre et la fraternité.

Tant que nous sommes réceptifs aux peurs ambiantes et internes mais inconscients de celles-ci, le moindre symbole de danger prend des proportions incroyables. C'est ainsi que dix jeunes en quête de sensations et d'identité peuvent vampiriser et terroriser une cité ou un quartier. Face au danger, le mental choisit entre fuite et attaque, et le choix est vite fait : ce sera la fuite car, pour faire face, il faudrait s'unir, il faudrait parler. Mais hélas, la peur a déjà renvoyé chacun chez soi, calfeutré devant le journal de 20 heures… qui dispense à son tour une nouvelle perfusion de peur.

Certaines personnes sont libres de ces frayeurs fictives. Oui, il est possible de se promener dans des cités HLM ou dans les rues sombres d'une grande ville sans se faire agresser. On rétorquera que des agressions ont bien lieu. Encore une fois, elles sont vraiment l'exception. La plupart des gens passent leur vie entière sans jamais subir une seule attaque. De plus, il existe une sorte de loi énergétique, que la sagesse populaire connaît très bien à propos de la peur des chiens : « Si tu as peur que le chien te morde, le chien te mord car il sent ta peur. » Les personnes qui dégagent une énergie de paix, de sérénité, voire de puissance, sont rarement inquiétées. La plupart des agresseurs recherchent cette sensation de peur car, au fond, ce sont des faibles. La violence est la force des faibles.

Peut-être gardez-vous le souvenir de l'un de vos professeurs qui, en entrant dans la salle de classe, imposait le silence d'un haussement de sourcils. Un autre, sans aucune autorité, devait crier pour s'imposer et cela ne fonctionnait pas : c'était le bazar dans la classe.

L'autorité véhicule presque un paradoxe : *en avoir, c'est ne pas s'en servir.* Utiliser la violence pour imposer son point de vue ou s'imposer physiquement, c'est faire aveu de faiblesse. Un individu violent est quelqu'un qui possède une estime de lui-même très basse et qui a viscéralement peur de ne pas être reconnu dans la vie. Il se détourne des personnes sereines et puissantes dont il se sent inférieur et choisit ses victimes parmi les faibles et les peureux. Conséquence logique, l'inverse est tout aussi vrai : si nous irradions la peur, nous attirons de telles personnes qui s'en donnent à cœur joie. Leur violence envers nous exacerbe nos peurs et nous conforte dans l'idée que nous avons bien raison d'avoir peur !

Cela se remarque dans n'importe quel groupement, que ce soit une entreprise, un club de sport, un groupe de vacanciers ou de collégiens… Et ce d'autant plus si le faible violent est investi d'une autorité hiérarchique.

En vérité, si quelqu'un est victime d'un de ces tyrans, c'est d'abord en lui qu'il doit chercher la solution. Dans la phrase « J'ai peur de mon chef », la clé du problème ne se trouve pas dans le chef, elle se situe bel et bien dans le « J'ai peur ».

Quelques phrases clés du chapitre I

◊ Et si nous possédions une excellente raison de créer nos peurs ?

◊ Nos peurs répondent à des besoins très précis.

◊ Parmi les 60 000 pensées que nous créons chaque jour, 95 % sont involontaires et la majeure partie d'entre elles sont négatives.

◊ Lorsque je pense, JE ne suis pas !

◊ Maman = amour ; papa = sécurité. La plus grande partie de nos peurs irrationnelles viennent de cet « axiome » enkysté en nous !

◊ Nous nous accusons de ce que nous subissons. Notre mental est prêt à tous les mensonges pour cela. Il nous auto-hypnotise.

◊ Pour notre inconscient, la symbolique est tout et la réalité n'est rien.

◊ Puisque nous ne considérons pas l'émotion comme un message et que nous ne la décodons pas, un système d'identification se met en place, nous devenons l'émotion.

◊ Lorsque nous sommes dans une situation indésirable, nous n'avons que trois solutions pour en sortir : accepter, améliorer, quitter.

II

LA MÉCANIQUE DE LIBÉRATION

J'ai vu un ange dans le marbre et j'ai seulement ciselé jusqu'à l'en libérer.

Michel-Ange

Empêtrés dans nos mensonges, tapis dans notre prison, la clé jetée aux oubliettes… Comment reprendre espoir et « grignoter » le pouvoir du mental qui mène la danse dans notre vie à 95 % ? Serait-il possible de rêver et d'inverser ce chiffre afin d'être à 95 % aux commandes de notre destinée ? Oui, nous le pouvons, il existe un chemin et nous pouvons prétendre retrouver notre vraie nature. Nous vivons sous hypnose et nous pouvons nous réveiller. Nous pouvons retrouver la palette de toutes les couleurs de notre monde.

Un cri silencieux

Nous fonctionnons comme une chauve-souris qui envoie un cri silencieux devant elle pour se guider grâce à son écho. Celui-ci lui permet de localiser les éléments de son environnement (obstacles, nourriture…). Comme ce que nous émettons est notre manque d'amour et de sécurité, nous voulons entendre en retour combien nous sommes aimés, appréciés, reconnus... Nous vivons tellement dans cette attente permanente que nous écartons tout ce qui ne va pas dans ce sens. Voilà pourquoi, le plus souvent, nous sommes sourds aux critiques ou, au contraire, extrêmement dérangés par les remontrances.

Contrairement à la chauve-souris qui interprète le signal reçu dans la neutralité la plus totale, nous falsifions le message qui nous est renvoyé car nous ne pouvons recevoir que ce que nous voulons entendre. C'est la raison pour laquelle nous passons une bonne part de notre vie à soigner des blessures que nous nous sommes infligées en nous heurtant à des obstacles que nous ne voulions pas voir.

En réalité, la porte de notre prison possède une serrure et nous en détenons la clé : c'est la conscience. Pour reprendre les commandes de notre vie, tout est en effet question de conscience. Le mental a beau nous hypnotiser et transformer une souris en menace de mort, elle n'en demeure pas moins... une simple souris.

Deux réalités se chevauchent donc : celle que nous transmettent nos cinq sens et celle que nous imposent le mental et ses mensonges. Ainsi, notre vie est à l'image de deux trains avançant en parallèle : celui de la réalité et celui du mensonge. Nous avons le choix de voyager dans l'un ou dans l'autre. Mieux encore, nous avons la possibilité de sauter de l'un à l'autre. À tout moment, face à la souris, nous pouvons élaborer la réflexion suivante : « Je reçois un signal de danger mais, sachant pertinemment que je n'en cours aucun, je décide de traiter cette souris en souris... même si je tremble stupidement de peur. » C'est la voie qu'empruntent les thérapies comportementales en diminuant la charge émotionnelle associée à l'objet de la peur. Le problème est que la commande initiale demeure. En effet, si nous reprenons la chaîne d'associations qui entraîne la peur des souris, nous avons au départ un enfant dont la mère est tyrannique et maniaque[1] ; il lui est impossible de reconnaître l'angoisse que ces traits de caractère maternels génèrent chez lui car cela équivaudrait à dire « maman = pas amour ». Il déplace donc sa peur vers un animal qui symbolise le traumatisme (la souris représente les comportements névrotiques dans les tâches ménagères ou maternelles). Cette peur lui est nécessaire. La perdre l'obligerait à reconnaître le traumatisme et par conséquent le manque d'amour. Il existe ainsi un combat permanent entre la conscience et l'inconscient, la première luttant contre la peur et le second résistant pour qu'elle demeure : une histoire de fous !

1. Les enfants perdus sur le chemin

Il faut comprendre qu'à chaque choc ressenti dans l'enfance il se produit un phénomène énergétique particulier. L'association du traumatisme, de la peur et du mensonge génère une sorte de blocage, comme si l'enfant cessait de grandir, figé « à tout jamais » dans un état d'effroi. Il se produit comme une sorte de dédoublement, un enfant s'arrête de grandir et l'autre continue, laissant à cet endroit une part de lui-même. Ce sont ainsi des dizaines et des dizaines d'enfants qui restent bloqués

---

1. C'est une des causes de la musophobie.

en nous à des âges différents, certains se trouvant encore dans le ventre de leur mère. Chaque fois qu'un enfant s'est bloqué en nous, nous avons créé une zone de souffrance, semblable à un fer rougi brûlant sans cesse. Chaque fois nous y laissons une part de notre innocence et de notre spontanéité.

L'idée de guérir ces enfants bloqués en nous remonte aux années 1940. Le concept d'« enfant intérieur » a vu le jour avec Jung. Dans les années 1960, l'idée a été popularisée par Éric Berne ; c'est la base de l'« analyse transactionnelle » qui décrit trois états du moi : le parent, l'adulte et l'enfant. Cet enfant intérieur crie sa blessure, continuant à réclamer en grandissant ce qu'il n'a pas obtenu durant son enfance.

Dans les années 1980, Hal et Sidra Stone ont ensuite enchéri sur Jung et Berne, avec le modèle du « dialogue intérieur » entre ces enfants. Ainsi, un enfant soumis possède en lui un rebelle refoulé qui jamais n'a eu voix au chapitre. Le dialogue intérieur permet de lui donner la parole et, ainsi, la personne prend conscience de tout ce qu'elle s'est interdit de faire. Cet échange permet de libérer une charge émotionnelle et d'ouvrir un nouveau champ de possibles. Au fur et à mesure des séances, on parvient à connecter ses rêves enfouis, correspondant à un enfant intérieur inaltéré, niché au fond de soi, intègre, joyeux et spontané, et de le laisser reprendre sa place.

Si cette approche apporte ouverture et mieux-être, elle ne libère pas pour autant tous les enfants que l'on a bloqués au fur et à mesure des traumatismes. Se libérer de ses peurs nécessite de guérir ces enfants et de récupérer la part d'innocence, de légèreté et de spontanéité perdue par chacun d'entre eux. Il est possible de les guérir un à un ou bien par dizaines, selon les méthodes utilisées par les thérapeutes.

2. Un dégagement colossal d'énergie

Lorsque la peur est créée, une immense quantité d'énergie est libérée. La puissance du choc traumatique détermine la quantité d'énergie de peur dégagée et l'importance du mensonge qu'il va falloir créer. Un « petit » mensonge suffira si mon père me crie dessus parce que je ne me suis pas lavé les mains (c'est de ma faute, je suis sale) et une quantité relativement faible d'énergie sera produite ; il en faudra une « énorme » s'il me frappe sans raison apparente (je mérite d'être maltraité, c'est ma nature) et là le niveau d'énergie atteint sera phénoménal.

Au moment du traumatisme initial, l'énergie de peur est pure ; selon l'intensité, elle prend le nom de crainte, de frayeur ou de terreur. En « refroidissant », elle acquiert sa forme définitive, « colorée » par le mental qui la qualifie en fonction du mensonge : abandon, rejet, dévalorisation... *À cet instant, elle devient indestructible.*

Le phénomène est identique à la fusion des métaux. Un métal en fusion prend la forme du moule dans lequel il est versé ; refroidi, il devient inaltérable. Si l'on veut en modifier la forme, il conviendra de le porter à nouveau à sa température de fusion.

Pour se libérer, il faut au préalable faire monter la température énergétique au point de fusion des peurs. Pour créer ces conditions, il est possible d'utiliser les émotions.

Ainsi, un hypnotiseur replonge son patient dans l'énergie de peur en lui faisant revivre un événement traumatique. Une autre voie consiste à placer la personne dans une situation de peur à traverser symbolisant la peur initiale (par exemple en lui faisant passer une nuit dans une tombe qu'elle a elle-même creusée pour traverser la peur de la mort) et engendrant ainsi un important dégagement d'énergie. On appelle cela des actes psychomagiques.

Nous voici en possession de tous les éléments pour nous débarrasser de nos peurs irrationnelles. Pour cela, il convient :

- d'identifier le traumatisme (le petit enfant bloqué) ;
- de comprendre le mensonge élaboré ;
- d'atteindre le niveau d'énergie requis (la charge émotionnelle initiale) ;
- de rendre au parent concerné le fragment pris pour croire au mensonge (c'est à ce moment que l'on se débarrasse de sa peur) ;
- de réaliser cela au niveau symbolique.

Différentes techniques l'accomplissent déjà de façon partielle. L'hypnose va chercher le mensonge pour le reprogrammer différemment ; la technique de Jacques Salomé propose de « se libérer d'une violence reçue » par les actes symboliques ; les actes psychomagiques d'Alexandro Jodorowsky permettent un dialogue avec l'inconscient au moyen d'un langage métaphorique ; la technique mise au point par Alice Miller lève le refoulement de la maltraitance en reconnaissant la cruauté des parents ; etc.

En revanche, je n'en connais pas qui réunisse les cinq paramètres que j'ai évoqués plus haut. J'ai moi-même créé une technique de libération des peurs qui prend en compte l'ensemble de ces éléments[1]. Cependant, le but du présent ouvrage n'étant pas de présenter une technique en particulier, mais d'offrir un nouveau modèle de compréhension de l'humain, je ne m'y attarderai pas.

De la même façon que la psychanalyse a donné lieu à différentes approches et formes de thérapie, je suis convaincu qu'il y a énormément de choses à inventer à partir de ce modèle, et nul doute que l'inventivité et l'imagination vont générer des solutions inattendues.

À partir de cette base commune de compréhension, il est possible d'envisager un travail en commun d'élaboration, d'amélioration, pour peu que nous autres, thérapeutes, possédions la volonté de travailler ensemble et de mettre de côté notre orgueil, cette détermination à clamer que Dieu réside dans *notre* chapelle.

---

1. Elle est présentée sur mon site <http://andrecharbonnier.com/>.

3. L'autre est mon miroir

Il existe une règle difficile à accepter : chacun est responsable des résultats qu'il obtient. Cette loi, mise en évidence et véhiculée par toutes les traditions spirituelles, est aujourd'hui utilisée par les thérapeutes. Nous admettons mal que nous puissions être à l'origine de nos propres expériences négatives. Nous ne sommes conscients que de la partie de nous qui désire atteindre ses objectifs : nous *voulons* réussir professionnellement, amicalement, vivre une vie de couple harmonieuse, mais nous sommes bloqués par des peurs irrationnelles dont notre regard se détourne soigneusement. Nous sommes responsables de ce que nous obtenons, que cela soit agréable ou pas, mais cela nous échappe totalement. C'est ce que l'on nomme la « tache aveugle ».

Dans l'œil, notre rétine est comme un écran de cinéma sur lequel est projeté ce que nous voyons. Là où le nerf optique part de la rétine, il n'y a pas de photorécepteurs. Il existe donc un endroit de l'écran où il n'y a pas d'image, où nous ne voyons rien. Pourtant, aucune tache noire n'apparaît dans notre champ de vision, parce que notre cerveau recompose l'image à partir de ce qui se trouve autour. Nous sommes donc partiellement aveugles... sans voir que nous le sommes[1].

Ce qui est vrai pour notre nerf optique l'est également pour notre mental. Il crée des mensonges et nous rend aveugle

---

1. Il existe sur Internet des tests permettant d'en faire l'expérience. Entrez dans le moteur de recherche : « test tache aveugle ».

à leur existence. Des dizaines et des dizaines d'enfants sont bloqués en nous, et nous ne possédons *a priori* aucun moyen de les identifier.

Pour regarder notre propre visage, nous devons utiliser un miroir ou une autre surface réfléchissante. De même, nous devons créer des miroirs pour nous révéler nos enfants bloqués. En projetant inconsciemment à l'extérieur de nous l'un de nos traumatismes, l'un de nos mensonges et donc l'une de nos peurs (par une parole, une attitude…), nous provoquons une réponse chez l'autre qui nous révèle, par effet miroir, cette peur tapie au fond de nous. Cela permet de mettre le traumatisme en évidence, tout en évitant de regarder directement dans le « puits défendu ».

Réagir ou pro-agir ?

Dans une relation, une émotion négative déclenche souvent une réaction « épidermique ». Ayant le sentiment d'être attaqué, nous nous positionnons immédiatement en victime. « À cause de toi » est une expression (prononcée ou non) qui accompagne chacun de nos conflits, petits ou grands.

Cette réactivité résulte de l'identification aux émotions. Souvent, une volonté d'attaquer s'empare de nous (nous pouvons aussi choisir la fuite) et nous perdons totalement de vue les conséquences de nos paroles ou de nos actes. Nous le regretterons certainement plus tard et nous tenterons de minimiser notre attitude ou de nous faire pardonner… jusqu'à la prochaine fois.

Nous pourrions modifier les événements en nous posant simplement la question suivante : « Quel est le résultat que je souhaite obtenir ? » Déterminer un objectif nous conduit à réfléchir à une stratégie pour l'atteindre. Il s'agit alors de pro-agir plutôt que de réagir. Immanquablement, notre comportement en est modifié car, en général, nous recherchons plutôt la paix. Passer de la réaction à la pro-action nous mène à la résolution des conflits.

Lorsque nous sommes animés par une peur, nous émettons une vibration de peur sur une certaine longueur d'onde, créant ainsi un égrégore[1] qui, par la loi des affinités, entre en résonance avec des vibrations similaires. *Deux vibrations de même nature s'attirent : la peur attire la peur.* Une personne peut ainsi faire mentir les statistiques : il existe une chance sur 500 000 de se faire agresser dans les transports en Île-de-France chaque année et, pourtant, voici une personne qui subit trois agressions en six mois. Sans nul doute, elle véhicule la peur d'être agressée. Inconsciemment, elle émet sa peur sur une certaine longueur d'onde, lui donnant forme (dans les approches énergétiques et spiritualistes, on parle d'ailleurs de « formes-pensées »). Elle attire ainsi, à son insu, ce qu'elle redoute le plus ; elle est donc bien responsable, inconsciemment, des résultats qu'elle obtient. Lorsqu'on subit ce phénomène, cela peut devenir une malédiction ; si on l'utilise, cela devient une véritable bénédiction.

Chaque expérience négative vécue est ainsi la représentation matérialisée à l'extérieur de ce que nous avons à libérer à

---

1. Cf., dans le chapitre i, la section 13 intitulée « Quand la peur ambiante se diffuse » (p. 103).

l'intérieur. Plutôt que de nous sentir (uniquement) victimes d'une situation, nous pouvons l'exploiter à notre profit en cherchant à discerner, par effet miroir, l'enfant resté bloqué en nous.

L'émotion négative pointe du doigt le petit enfant. Quelques exemples :

– Un collègue me harcèle de questions : « Où as-tu passé ta soirée ? Avec qui ? Qu'avez-vous fait ? » Je ressens de l'agacement devant sa curiosité invasive.

– Un ami me fait une remarque sur ma coupe de cheveux et je me sens dévalorisé.

– Je reçois une contravention et je ressens immédiatement un grand stress.

Dans chacune de ces situations, il y a toutes les chances que je sois affecté par la réactivation d'une peur enfantine : peur de ne pas mériter la confiance, peur d'avoir commis une bêtise, peur de manquer… Dans la réalité, même un licenciement, une grosse perte d'argent, un examen manqué ne nous conduiront pas à un danger réel. Il nous suffit de regarder autour de nous : les gens qui se retrouvent réellement à la rue, même s'ils sont trop nombreux, ne représentent qu'une très faible minorité. La plupart du temps, nous avons donc « seulement » un petit enfant à guérir.

III

LA MÉCANIQUE DU BONHEUR

Vous n'êtes responsable que de ce que vous pouvez changer. Votre attitude est la seule chose que vous pouvez changer. Et c'est là toute votre responsabilité.

Nisargadatta Maharaj

Les thérapies « psychologiques », telles que la psychothérapie ou la psychanalyse, tendent le plus souvent à réparer la psyché en modifiant le fonctionnement global mais délaissent les aspects matériels du quotidien. À l'opposé, les thérapies comportementales comme le coaching, les thérapies brèves ou la PNL[1] visent à modifier le comportement sans chercher à résoudre la cause profonde du dysfonctionnement.

Là encore, il semble judicieux d'unifier les deux : la libération des peurs doit se manifester concrètement au quotidien. Si l'on reprend l'image du disque dur, après avoir déprogrammé l'injonction de peur il convient de reprogrammer.

J'insiste bien : la reprogrammation ne sera vraiment efficiente *qu'après avoir rendu à ses parents les morceaux d'eux qui étaient en nous.* La mettre en œuvre sans faire cela reste bien entendu possible mais, d'une part, la portée en sera limitée et, d'autre part, cela coûtera une énergie énorme puisque les programmes de sabotage seront toujours présents.

---

1. Cf. introduction du chapitre I (p. 21).

1. Reprendre le pouvoir

Imaginons que nous subissions la phobie de la baignade ; si nous libérons le petit enfant du mensonge de la peur de l'eau en ayant rendu la part correspondante au parent concerné, c'est une très bonne nouvelle... mais cela ne nous enseigne pas la natation ! De même, si nous reprenons l'exemple de la personne qui éprouve des difficultés à s'exprimer en public, elle s'aperçoit après sa libération qu'elle ne prend toujours pas la parole en public ! La peur est libérée mais le blocage persiste. Cela s'explique car le mensonge, en lui interdisant de s'exposer, la confinait à l'intérieur d'une zone que nous avons nommée la zone de confort. La parole en public se situait donc dans la zone d'inconfort, voire dans la zone de panique.

Nos peurs et nos blocages s'expriment depuis tant d'années, ils nous tyrannisent depuis si longtemps qu'ils sont devenus semblables aux programmes par défaut de nos ordinateurs. Il existe plusieurs navigateurs Internet possibles : Internet Explorer, Chrome, Mozilla, Safari, etc. ; si je vous envoie un lien Internet par e-mail, vous cliquez dessus et vous n'avez rien à faire : l'un de ces navigateurs se lance automatiquement et ouvre une fenêtre sur le site en question. Le navigateur qui s'est ainsi ouvert automatiquement est votre navigateur par défaut.

Pour garder cette image, je dirai que la commande « S'interdire de parler en public » est le programme par défaut de cette personne, un comportement qui s'impose à elle automatiquement et, bien qu'elle soit libre, si elle en reste là, elle ne prendra jamais la parole en public. Pour sortir de sa zone de confort, elle doit *remplacer son programme par défaut par un programme délibéré.*

Si nous souhaitons réellement changer notre vie, il nous faut prendre conscience de tous nos programmes par défaut. Pour cela, nous pouvons compter sur un allié précieux : l'émotion. Un programme par défaut qui nous dessert sera obligatoirement signalé par une émotion négative.

♦ Un nouveau collègue arrive dans le service de Michel ; il se sent immédiatement en rivalité avec lui. Il est stressé et ne dit rien. Il évite (plus ou moins consciemment) toute confrontation.
Il identifie en lui la rivalité, l'injustice, la contrariété et le ressentiment. Ces émotions signalent la présence d'un programme par défaut ; ici, celui de l'évitement.

Le problème est qu'il fuit la confrontation mais que, dans la réalité, il reste. S'il voulait vraiment fuir, il lui faudrait quitter, c'est-à-dire démissionner. Pour élever sa conscience, il lui faut réfléchir au problème dans ces termes : « Quel est mon programme par défaut, que suis-je en train de me cacher à moi-même concernant mon comportement ? »

Pour accéder à ce programme, le plus simple et le plus efficace sera toujours d'en parler avec un proche. La parole permet d'élaborer, de construire une réflexion, de rendre visible l'invisible, de cheminer, et donc de monter en conscience.

Pour réussir cette démarche avec la personne qui l'aide à réfléchir, Michel doit clarifier son objectif : identifier ce à quoi il tourne le dos, ce qui implique de mobiliser son courage et de faire taire son orgueil. Le courage est la capacité à continuer d'avancer malgré la peur. L'orgueil pousse à vouloir être plus que ce que l'on est. Le contraire est l'humilité. Michel devra par exemple accéder à sa peur d'être rejeté ou d'être démasqué, catalogué comme faible… Alors qu'il a jusqu'à présent déployé plein de stratégies pour démontrer le contraire.

Courage et humilité sont les deux outils privilégiés pour un travail sincère sur soi : nous commençons à manifester notre liberté lorsque nous sommes prêts à reconnaître nos faiblesses, à accepter que nous sommes lâches, à admettre que nous faisons des compromis par peur de perdre… Nous pouvons affronter le réel car nous savons désormais que ce lâche n'est pas vraiment nous, mais juste un « programme » qui se met en route automatiquement. Si nous avons le courage de nous confronter à la réalité, nous la traversons, la transcendons, pour finalement déboucher dans la lumière.

Notre « programme par défaut » n'est qu'un voile à traverser, non un mur infranchissable.

Le prix à payer

Pour toute chose, il y a un prix à payer. Dès qu'il y a un choix, il y a un prix.

J'ai un rendez-vous important. Je sais de façon certaine que je vais être en retard... sauf si je me mets à courir. J'ai le choix : soit j'arrive en retard et disponible pour mon entretien ; soit j'arrive à l'heure et trempé de sueur, essoufflé... Tout dépend de ce que je veux *vraiment*.

Si ce que je veux vraiment est d'être à l'heure, le prix à payer est d'y arriver en sueur et essoufflé. Si ce que je veux vraiment est d'être disponible pour cet entretien, le prix à payer est d'y arriver en retard...

Prendre une décision signifie simplement poser la focale sur un élément de l'équation. Généralement, en toute situation, nous cherchons la vérité ou la solution parfaite. Le plus souvent, il n'y en a pas.

Il convient juste d'arrêter le mouvement de balancier en prenant conscience d'une chose essentielle et terrible pour notre mental : choisir, c'est abandonner.

---

2. Les programmes délibérés

Mettre en œuvre un programme délibéré est un véritable saut dans le vide. Pour le rendre possible, il est bon de se préparer, et pour cela de comprendre la loi d'attraction.

D'un point de vue énergétique, nous fonctionnons comme un appareil électrique. Un aspirateur prend son énergie sur une prise électrique et la restitue de l'autre côté du moteur, sous forme de mouvement. De la même façon, nous restituons l'énergie sur laquelle nous nous sommes « branchés ». À la différence près que nous avons le choix de nous connecter à deux sources différentes : l'amour ou la peur. Sans surprise, nous retrouvons les deux émotions fondamentales, le positif et le négatif. La loi est très simple : « *Je reçois ce que je donne.* »

Si je me connecte à l'énergie d'amour pour émettre une pensée, une parole, ou pour poser une action, je restitue de l'amour… en retour, je reçois de l'amour[1]. Si je me relie à la peur, j'envoie de la peur… et je reçois de la peur. En choisissant l'amour, j'avance vers le succès ; en choisissant la peur, j'avance vers l'échec.

La personne qui craint de parler en public émet des vibrations de peur ; en conséquence, elle irradie malaise, impuissance, honte… Que recevra-t-elle de la part de son auditoire ?

Avant chaque rendez-vous ou réunion, je prends quelques instants pour m'intérioriser et envoyer de l'amour mentalement à ceux que je vais rencontrer.

J'ai découvert cela il y a plus de quinze ans et, depuis, plus aucun de mes entretiens ne s'est révélé difficile ou douloureux. Le procédé fonctionne, même hors des relations sociales. Avant de partir faire mon footing, j'envoie de l'amour à tout ce qui m'entoure et à ceux que je vais croiser : j'ai l'assurance de passer un merveilleux moment dans la nature. Et je vous assure que je ne vis pas dans le monde des bisounours !

---

1. Il est possible que, de prime abord, mon mental constate le contraire ; si c'est le cas, c'est que j'ai créé un miroir (cf., dans le chapitre II, la section 3 intitulée « L'autre est mon miroir », p. 118)… par amour.

La technique du héros

Lorsqu'il est difficile de se lancer dans le vide, il existe un biais : la technique du héros.

Un de mes fils venait d'obtenir son diplôme d'ingénieur et recherchait son premier emploi. À plusieurs reprises, après avoir été retenu parmi les deux ou trois derniers finalistes, il n'avait pas obtenu le poste. Décidé à connaître le fin mot de ces refus, il s'était pris de culot et avait contacté les recruteurs pour leur demander ce qui, finalement, leur avait fait écarter son dossier. Chaque fois, il avait reçu la même réponse : « Votre candidature est vraiment très intéressante, mais vous dégagez une espèce de nonchalance qui nous fait nous demander si vous allez vraiment vous investir. » Lorsqu'il m'a parlé de cela et demandé conseil, je lui ai posé la question suivante :

– Quel est, selon toi, le personnage qui incarne le mieux la décontraction assurée, affirmée ?

– James Bond ! m'a-t-il répondu instantanément.

– Voici ce que je te propose : ce n'est pas toi qui vas conduire ton prochain entretien, c'est James Bond. Prépare-toi : imagine comment il entre dans l'entreprise, comment il se tient, comment il s'adresse à l'hôtesse d'accueil ; imagine son port de tête, son regard, son ton… C'est lui qui fait face à tes recruteurs : comment les regarde-t-il ? Comment les salue-t-il ? Comment s'assoit-il ? Subit-il l'entretien ou le dirige-t-il ? Avec quel débit s'exprime-t-il ? Tu joues James Bond, mieux : tu *es* James Bond.

À l'entretien suivant, il a été embauché.

Une chose à la fois

En créant et en imitant un héros, nous évitons de nous retrouver face à notre programme par défaut. Pourquoi la technique du héros fonctionne-t-elle ? Parce que notre mental est incapable d'effectuer deux tâches à la fois. Il nous arrive peut-être de manger en regardant la télévision : si nous sommes concentrés sur ce qui se passe à l'écran, nous ne sentons plus le goût de la nourriture dans notre bouche. De même, si nous nous focalisons sur la dégustation de notre bouchée, nous ne suivons plus l'émission que nous regardons. Si nous sommes occupés à jouer un de nos héros, nous ne pouvons plus prêter attention à notre peur. Un autre élément important joue en notre faveur : notre mental ne fait *aucune* différence entre la réalité et la fiction.

Là aussi, nous le vérifions très simplement : vous aimez le chocolat ? Fermez les yeux et imaginez que vous prenez un carré en bouche ; sentez sa texture, prenez conscience du goût, des saveurs qui se déploient dans votre bouche : vous salivez comme si vous l'aviez réellement sous la langue. (Notre mental ne fait pas la différence entre la réalité et l'imaginaire.) De même, si nous vivons notre rôle à 100 %, si nous *sommes* le héros, notre mental est incapable de faire la différence : nous le devenons réellement.

◆ Clara, âgée d'une cinquantaine d'années, était l'assistante de direction d'un tyran. Elle subissait son agressivité, ses colères, ses dévalorisations, totalement impuissante et soumise. Elle a choisi son héroïne : Sophia Loren. Le lendemain de notre séance, c'est donc Sophia Loren qui s'est rendue à son travail. Dès la première remarque désobligeante de son employeur, une repartie d'une puissance incroyable a fusé : « C'est comme si je l'avais collé au mur ! » me confia-t-elle. Plus jamais il ne l'a maltraitée, même si elle a dû utiliser l'astuce plusieurs fois pour qu'il comprenne vraiment que quelque chose de profond avait changé en elle, et donc dans leur relation.

Pour que la technique fonctionne, le héros doit être choisi consciencieusement et en fonction des différents types de situation : on ne choisit pas le même héros pour le travail, le sport ou les amis. Ensuite, il convient d'incarner impeccablement le rôle, d'en être imprégné et, comme dit l'expression populaire, d'« être à fond dedans ». Se dire « Je vais faire comme untel » est l'assurance d'un échec. « Je suis untel » est la voie du succès.

3. Jouer d'audace

Maintenant que l'on s'est préparé du mieux possible, que l'on a envoyé de l'amour, que l'on *est* un héros, il faut se lancer dans le vide. Pour cela, il n'est plus besoin que d'une chose : de l'audace. L'audace est un courage qui se moque du regard des autres… Ou de son propre regard sur soi.

Conservons l'exemple de la prise de parole en public. Une femme participe à une réunion ; tout en elle lui dit que c'est le moment… cependant, elle hésite encore et toujours. Elle a pourtant envoyé de l'amour ; elle *est* son héroïne, mais elle tergiverse. Elle l'ignore mais elle se trouve au point nodal du changement. C'est un moment de bascule. Après, plus rien ne sera comme avant. Cet instant précis, où tout bascule, est à l'origine de nombreux livres et de nombreux enseignements. Des bibliothèques entières sont consacrées à ce sujet. Malgré cela, la traversée du point nodal reste un mystère.

Entre deux mondes

Des historiens se sont penchés sur la question du point nodal, essayant notamment de discerner ce qui, dans les grands moments de bascule de l'histoire, avait déclenché l'action clé.

Jules César en a offert une magnifique démonstration lorsque, le 11 janvier 49 avant Jésus-Christ, il franchit le Rubicon, une petite rivière se jetant dans la mer Adriatique. Le Rubicon marquait une frontière qu'aucun général romain n'avait le droit de traverser avec son armée sans autorisation du Sénat. Cette loi tacite et inviolable existait pour protéger Rome des invasions « internes ». Pompée, qui s'opposait à César, avait enjoint aux sénateurs de retirer le commandement de l'armée à son rival. César, commandeur des armées de la Gaule, choisit la force et décide de faire marcher son armée sur Rome. Il est devant le pont mais il hésite encore car, se dit-il, « une fois ce pont franchi il nous faudra tout accomplir à la pointe de l'épée » ; puis il prononce la fameuse phrase « *Alea jacta est*[1] ! » et s'avance.

Les historiens n'ont rien trouvé sur cette question du point nodal parce qu'il n'y a rien à découvrir. Il existe un point qui sépare deux mondes, le monde de l'inaction et le monde de l'action. En vérité, ce point n'existe pas. Cela signifie que nous ne trouverons jamais en nous de déclencheur, quelque chose qui nous dise « C'est le moment ». Techniquement, nous le comprenons : tant que nous sommes dans le monde de l'inaction, tout nous dit de ne pas agir, tout nous dit même que ce serait une erreur de le faire. Nous sommes au point nodal du changement : sa marque est la peur.

« *Just do it* »

Nous sommes au seuil d'une zone paradoxale car, pour vérifier que l'action est possible, il n'y a rien d'autre à faire que d'agir ! Pour sauter dans le vide, je n'ai pas d'autre choix que de sauter dans le vide. Des publicitaires l'ont mis en mots avec ce slogan génial et devenu fameux : « *Just do it* ».

Une fois le point nodal franchi, tout est fini. Nous sommes passés dans le monde de l'action et nous vérifions que nous ne sommes pas morts ! Que la peur traversée était

---

1. « Le sort en est jeté. »

une construction mentale. Que le danger était en nous, pas en dehors de nous. Le psychologue et chercheur américain Seymour Epstein a étudié en 1960 le comportement de parachutistes pratiquant le saut en chute libre. Au fur et à mesure que l'avion montait vers le point de largage, leur rythme cardiaque augmentait sans cesse. Dès qu'ils sautaient, celui-ci baissait instantanément. Le plaisir remplaçait l'appréhension[1]. Nous constatons ici encore ce point frontière : contrairement à l'étale, ce moment entre deux marées où la mer ne monte ni ne descend, il n'existe pas de temps de transition : soit l'on est avant l'instant, avec sa peur, soit après, et l'action est réalisée. Aucune période d'élaboration ou de transition : la tension monte jusqu'au point de bascule, puis elle redescend immédiatement. Cela est assez logique car, une fois de l'autre côté, le mental réalise l'absence de danger.

« De l'audace, encore de l'audace, toujours de l'audace ! » s'écriait Danton. Quel magnifique objectif !

Le syndrome d'inclusion

À l'époque des cavernes, le nombre de personnes garantissait la survie des clans. Une conviction était alors ancrée au plus profond de l'inconscient collectif : tout, plutôt que d'être seul au monde ! L'exclusion de la tribu laissait présager les plus terribles dangers. C'est la raison pour laquelle la plus grande infamie était d'être banni de la tribu. Cette

---

1. Remarquons au passage que la tension montait au moment où ils étaient le moins en danger !

sentence était pire que la mort. Elle a traversé les âges et reste encore présente aujourd'hui au niveau symbolique. La peur d'être rejeté est commune à tous les êtres humains. Deux forces s'opposent en nous : l'une nous pousse à nous différencier, à faire accepter notre singularité ; l'autre nous incite à être inclus dans des groupes. Socialement, c'est la seconde qui l'emporte car, inconsciemment, elle est beaucoup plus puissante. Elle conduit à la peur de nous distinguer et parfois même à la volonté de nous intégrer dans des groupes de personnes que nous n'apprécions pas...

Reprendre le pouvoir sur le syndrome d'inclusion nécessite d'interroger son cœur, de se demander en toute sincérité si, dans de telles situations, nous ne nous sommes pas en train de faire un compromis par peur d'être rejetés.

Pour affirmer notre identité, souvenons-nous que nous grandissons comme des palmiers. Au fur et à mesure qu'ils s'élèvent, les feuilles des années précédentes meurent et tombent. De la même façon, sachons mettre fin aux relations qui nous tirent vers le bas. Osons nous élever et nous aurons le bonheur de vérifier une loi de l'univers : deux vibrations de même nature s'attirent. *Grandissons, nous attirerons à nous des personnes plus élevées.* Cette loi est une promesse.

Repérer ses zones d'audace

Nous pouvons repérer tous les espaces où nous sommes timorés, où nous nous contentons de camper dans notre zone de confort, tous les domaines où l'on pourrait faire preuve d'audace : personnel, professionnel, amoureux, créatif, sportif... Pour cela, observons précisément la frontière en deçà de laquelle nous demeurons. Une fois ce constat établi, examinons si un enfant intérieur désire être libéré à cet endroit-là. Et une fois cela accompli, sautons !

Plus nous apprenons à oser, plus nous intégrons l'instant de la traversée pour ce qu'il est : *un point imaginaire un peu désorientant.* Comme si, au moment de franchir le seuil de notre maison, nous ressentions un léger vertige, une sorte de déséquilibre. Les premières fois, nous pouvons ressentir une légère appréhension… Après la cinquantième fois (ou peut-être à la dixième, voire moins), nous avons intégré le process : nous nous dirigeons vers le seuil en anticipant déjà le trouble, et puis, sans même nous arrêter, nous le franchissons. Enfin, nous nous apercevons que l'effet de passage disparaît lui aussi.

Lorsque ce nouveau mode de fonctionnement est intégré, il ne s'agit même plus d'audace, il n'est question que de nouvelles expériences à vivre.

4. Apprendre à apprendre

Nous nous sommes libérés de la peur de l'eau, nous savons franchir le point nodal pour entrer dans l'eau… Évidemment, il nous reste à apprendre à nager. Cette femme devant son auditoire ose se lancer, mais sait-elle parler en public ? Cette activité, comme toutes les autres, demande un apprentissage. En vérité, tout s'apprend.

À part nos fonctions instinctives (téter, respirer, uriner, déféquer), nous avons tout appris. Quelle merveille de contempler une petite fille d'un an, assise sur son tapis, manquer une balle que l'on fait doucement rouler vers elle. Quelle joie de la voir quinze ans plus tard réaliser un saut périlleux sur une poutre d'équilibre. De même, écrire nous paraît naturel une fois devenu adulte, mais, si vous êtes droitier, prenez votre crayon de la main gauche et écrivez... C'est ainsi que vous avez commencé de la main droite. Apprendre est un jeu d'enfant, à condition de le considérer comme tel. L'autre possibilité est de se dire : « À trente-cinq ans, je devrais tout de même savoir parler en public ! » Une fois encore, l'orgueil nous rattrape. Nous souhaiterions être différents de ce que nous sommes. Notre mental nous compare à ce que nous considérons comme étant la norme et, immédiatement, le juge intérieur nous flagelle : « Je suis inférieur aux autres, je suis nul. »

Quel que soit le domaine, nous devons passer par une phase d'apprentissage et il nous appartient qu'elle soit ingrate ou valorisante. Puisque nous avons le choix, autant nous amuser. Les possibilités d'en retirer du plaisir sont innombrables. Si nous évitons de nous juger, nous pouvons considérer ces premiers pas comme l'enseignement d'un loisir : après tout, quelle différence y a-t-il entre apprendre à parler en public et faire du théâtre ?

Nous devons aussi réapprendre à échouer. Observons cet enfant qui va faire ses premiers pas, regardons-le se lever et puis retomber sur ses fesses, se relever et retomber encore, et encore… Qu'il rie, qu'il boude ou qu'il manifeste sa frustration, il se relève. Nos succès sont inscrits dans nos échecs et, comme le disait Oscar Wilde : « L'expérience est l'autre nom que l'on donne à nos erreurs. »

Le sport (vous aurez compris que c'est mon dada !) est à mes yeux l'archétype de cette notion d'apprentissage, c'est pourquoi les sportifs nous livrent nombre d'enseignements. Michael Jordan, l'un des plus grands joueurs de basket de tous les temps, l'exprimait ainsi : « J'ai raté plus de 9 000 paniers au cours de ma carrière (32 500 points marqués) ; j'ai perdu 300 matchs. À six reprises, on m'a remis le ballon et j'ai raté le panier alors que j'aurais pu donner la victoire à mon équipe. Ma vie est une succession d'échecs, voilà pourquoi j'ai connu tant de succès. »

La réalité est que nous n'apprenons que de nos erreurs. Ayons soif d'échouer. Ceux qui réussissent le mieux sont ceux qui savent ce qu'ils entreprendront s'ils échouent. Accepter l'échec est la meilleure façon d'engranger les expériences. Plus nous accumulons d'expériences, plus nous devenons performants. Lors de notre vingtième prise de parole en public, nous serons plus performants que lors de la première.

Un jour qu'il était raillé par des journalistes parce qu'il s'échinait encore à vouloir inventer l'ampoule électrique, Thomas Edison leur a rétorqué : « Je n'ai pas échoué, j'ai trouvé 10 000 façons qui ne fonctionnent pas. Je ne me décourage pas car chaque tentative échouée est un pas en avant vers la réussite. »

« Ce à quoi je porte attention devient ma réalité »

Il ne s'agit pas d'adopter une « positive attitude », mais de veiller réellement à la façon dont notre mental fonctionne. *Nos pensées déterminent notre état intérieur.* J'ai remarqué cela très jeune, alors que je rentrais à pied de chez un ami par une nuit très sombre après avoir regardé un film noir. J'avais peur et guettais les bruits autour de moi, effrayé au moindre changement de l'environnement. Soudain, une pensée m'a frappé. Je me suis alors fait la réflexion que si j'avais regardé un dessin animé sur les fées et les enchantements, je serais joyeux, guettant les lutins autour de moi. Comme si j'avais sauté d'un train à l'autre, je me suis plongé dans cet autre scénario : en quelques minutes, mes peurs avaient disparu.

Si nous nous focalisons sur le plaisir, nous ressentons du plaisir ; si nous nous focalisons sur la frustration ou sur l'ennui, que ressentons-nous ? Si nous sommes capables de nous représenter sincèrement nos échecs comme la voie la plus directe vers notre succès, nous allégeons immédiatement la charge émotionnelle car nous montons dans une spirale ascendante, au lieu de plonger dans les affres de la peur. À partir de là, nous avançons plus légèrement dans la vie et affrontons nos échecs en restant positifs.

5. Le bonheur, c'est de la discipline

Tant que notre héros (celui que nous nous sommes choisi) ne se présente pas spontanément lors des situations critiques, c'est le programme par défaut qui se déploie. Des dizaines de mises en pratique seront nécessaires pour que le programme délibéré devienne une seconde nature. Nous pourrions comparer le programme par défaut à une autoroute et le programme délibéré à une bretelle de sortie nouvellement créée. Notre tendance est d'emprunter l'autoroute (chassez le naturel, il revient au galop) et de manquer la sortie. Le carrefour entre les deux programmes nous est signalé par l'émotion. C'est le moment où nous avons le choix. Une voie nous conduit dans la lumière, l'autre dans l'ombre.

Un monde sépare « Qu'est-ce qu'il m'énerve, celui-ci ! » de « Je note que je ressens de l'agacement ». Le premier nous prive de notre libre arbitre, le second nous met en mouvement. Comme nous l'avons vu, mais on ne le dira jamais assez, nous devons nous désidentifier de nos émotions et les reconnaître pour ce qu'elles sont : des messages, des signaux pour évoluer.

Le passage d'un monde à l'autre relève de l'apprentissage et c'est en forgeant que l'on devient forgeron. Seule une pratique assidue nous fera monter en compétence. C'est une vraie discipline qui exige une intention ferme et résolue. Il ne s'agit pas simplement de s'y mettre, il faut tenir dans la durée. Nous ne pouvons changer que si nous voulons réellement évoluer et que si nous collaborons à chaque étape du changement. Le laisser-aller conduit à la procrastination, au programme par défaut, à la peur et donc, *in fine*, à l'échec.

Pour nous maintenir dans notre prison, notre mental nous fait croire que nous sommes en train de changer parce que nous avons compris le mécanisme de la peur et des programmes par défaut. Mais savoir ne suffit pas. Si tel était le cas, tous les fumeurs auraient déjà cessé de fumer. Je n'en connais aucun qui ignore qu'il se fait du mal. Tout changement suppose une action et toute mise en action appelle une discipline. C'est une des maximes du dalaï-lama : « Le bonheur, c'est de la discipline. »

En vérité, il est beaucoup plus simple d'apprendre à être heureux que d'apprendre à conduire. Nous devons nous imprégner de l'ensemble du processus, intégrer chacune des étapes et, enfin, pratiquer avec persévérance et confiance. Pratiquer, pratiquer, pratiquer.

- L'émotion négative me révèle un programme par défaut.

- Je construis mon programme délibéré pour remplacer mon programme par défaut.

- Je choisis mon héros.

- Je me prépare à échouer et je me lance.

- J'identifie le moment où le programme par défaut se présente à nouveau, je marque un temps d'arrêt… et je lance le programme délibéré.

- S'il s'agit de prendre une décision face à une situation indésirable, j'évalue les trois possibilités : l'accepter, l'améliorer, la quitter.

Pour installer cette nouvelle façon de vivre, je suis vigilant et je m'observe, inlassablement. Il existe ce signe immanquable : *je sais que je quitte mon chemin de vie dès que je me plains, sous quelque forme que ce soit.*

Si je dis « J'ai peur de parler en public », ou bien « Je ne (re)trouverai jamais l'amour », je suis dans la plainte ; et dans cette situation indésirable, je ne choisis aucune des trois solutions. Je patine. Tout change si je deviens mon propre observateur : « Je me surveille, je suis engagé dans le mouvement ; à partir de maintenant, j'utilise mes émotions pour prendre conscience des situations indésirables et poser une action. À partir de maintenant, je change de source et je me branche sur l'amour. Aussitôt, j'en reçois en retour. »

Il convient de reprendre le pouvoir sur le mental qui oblige à des actions contraires au bonheur : inconsciemment, on se détruit ; inconsciemment, on se limite ; inconsciemment, on fuit ; inconsciemment, on attaque…

Pour être aux commandes de notre vie, nous devons passer de l'inconscience à la conscience, passer du « pilotage automatique » à une conscience précise de chaque instant vécu. Combien de gestes accomplissons-nous sans en être conscients ? Combien de moments dans la journée sommes-nous vraiment présents à ce que nous faisons ? À part les moments de méditation ou de concentration sur une tâche, peu, vraiment très peu.

Être conscient signifie simplement être présent à ce que l'on fait, alors que le plus souvent la pensée est désolidarisée de l'action : je lave la vaisselle en pensant aux livres que je vais acheter ; je mange en regardant la télévision ; je conduis en évoquant ma prochaine réunion... Pour reprendre les commandes, j'aligne pensée et action : je pense à ma vaisselle en la lavant ; je ressens profondément la nourriture que j'ingère ; je suis totalement concentré sur la route et la circulation...

Lorsqu'il est nécessaire de penser, je me pose et je réfléchis... et je suis conscient que je suis en train de le faire. Hors de cette présence, notre mental a tendance à tourner en boucle, à « mouliner » tout seul. *En vérité, nous n'avons le choix qu'entre deux possibilités : soit nous utilisons notre mental, soit c'est lui qui nous utilise.*

Il arrive qu'en lisant nous nous mettions à penser à autre chose. Notre regard continue de lire mais nous n'imprimons pas car nous ne pouvons réellement faire qu'une seule chose à la fois : ici, lire ou penser. De la même façon, lorsque nous nous promenons, nous avons le choix entre porter notre attention sur notre environnement... ou laisser notre mental partir dans des associations de pensées le plus souvent inutiles. Dans ces moments d'errance (voire d'égarement), le programme par défaut se glisse, la plainte s'installe... ce qui lui est absolument impossible lors des moments de pleine conscience.

Quelques phrases clés des chapitres II et III

◊ Je reçois ce que je donne. En faisant le choix de l'amour, j'avance vers le succès ; en faisant celui de la peur, j'avance vers l'échec.

◊ Adoptons un héros sans peur. Si nous *sommes* le héros, notre mental est incapable de faire la différence : nous le devenons réellement. Notre mental ne fait absolument pas la différence entre la réalité et l'imaginaire.

◊ Traversons le point nodal de changement sans marquer d'arrêt : ce n'est qu'un moment de bascule, un point imaginaire un peu désorientant. Avant, nous sommes dans l'inaction ; après, nous sommes déjà passés à l'action.

◊ « *Just do it.* »

◊ Reconnaissons les émotions pour ce qu'elles sont : des messages, des signaux pour évoluer.

◊ Pour être aux commandes de notre vie, nous devons passer de l'inconscience à la conscience.

◊ Grandissons, nous attirerons à nous des personnes plus élevées.

◊ Nous devons réapprendre à échouer : nous n'apprenons que de nos erreurs. Accepter l'échec est la meilleure façon d'engranger les expériences. Plus nous accumulons d'expériences, plus nous devenons performants.

◊ Je sais que je quitte mon chemin de vie dès que je me plains, sous quelque forme que ce soit.

◊ Lorsqu'il est nécessaire de penser, je me pose et je réfléchis… et je suis conscient que je suis en train de le faire. Hors de cette présence, notre mental a tendance à tourner en boucle, à « mouliner » tout seul. En vérité, nous n'avons le choix qu'entre deux possibilités : soit nous utilisons notre mental, soit c'est lui qui nous utilise.

IV
LA MÉCANIQUE DE L'INTUITION

Le monde est constitué d'éléments invisibles et subtils que nous ne pouvons percevoir qu'avec notre cœur ou notre intuition.

Frédéric LENOIR, *Cœur de cristal*

Le mot « intuition » provient du latin *intuitio*, lui-même dérivé de *intueri* « regarder attentivement, avoir la pensée fixée sur ». Le *Littré* définit l'intuition comme une « connaissance soudaine, spontanée, indubitable, comme celle que la vue nous donne de la lumière et des formes sensibles, et, par conséquent, indépendante de toute démonstration ».

En dehors des définitions du dictionnaire, il est extrêmement difficile de décrire l'intuition. Voyons déjà ce qu'elle n'est pas. L'intuition n'est pas une projection, c'est-à-dire le résultat d'une pensée. Ce n'est pas une émotion. Elle n'est pas non plus corrélée à l'expérience, elle est capable de surgir à propos de quelque chose de tout à fait inconnu. Elle ne relève pas d'une interprétation, d'un processus d'association ou de déduction (par exemple, vous voyez un camion de pompiers, vous en déduisez qu'il y a un incendie ou un accident) ; l'intuition ne procède d'aucun lien logique. Ce n'est pas l'expression de l'inconscient, ni de l'instinct, ce dernier étant une préprogrammation de l'être humain, comme celle de téter sa mère.

Souvent décrite, jamais démontrée, l'intuition se manifeste comme une sensation d'évidence soudaine, et même d'au-delà de l'évidence. En réalité, nous ne pouvons décrire ou définir une intuition, car définir signifie utiliser le modèle du monde créé par le mental, qui est lui-même un assemblage de pensées. Il ne peut donc nommer que ce dont il est composé. L'intuition est totalement étrangère au mental. *C'est son immense force.*

1. Une information pure

Tout est question de perception. L'être humain perçoit le monde par le biais de deux canaux, deux capteurs totalement différents : le mental, approvisionné en informations par les cinq sens, et l'intuition, en connexion directe avec l'information.

La réalité perçue par notre mental est parcellaire (l'œil, par exemple, ne perçoit qu'une infime partie du spectre électromagnétique) ; de plus, elle est passée au crible de notre modèle du monde ; notre perception de l'information est donc obligatoirement faussée, distordue par nos représentations, notre volonté de figer le mouvement ; enfin, elle est modifiée, « repeinte », par les innombrables auto-hypnoses qui masquent les défaillances de nos parents.

On parle de subjectivité parce que notre réalité est totalement tronquée ; par conséquent, *notre modèle du monde est forcément faux.* Ce que je perçois est *ma* vérité : en conséquence, il y a sur terre 7 milliards de vérités, 7 milliards de représentations, 7 milliards de mondes.

À l'inverse du mental qui n'est pas du tout fiable pour saisir la réalité de l'univers, l'intuition véhicule de l'information pure : il existe *une* vérité, l'intuition y a accès. Elle est totalement étrangère à toute pensée, tout phénomène cognitif. Lorsque nous avons une intuition, nous *savons*. Point.

Le travail d'interprétation de la réalité par le mental, les opérations de calcul, d'association, de représentation sont effectués par le cerveau gauche ; l'intuition arrive quant à elle par le cerveau droit. Jung soulignait déjà que le cerveau gauche était le siège de la raison et le cerveau droit le siège de l'intuition.

Concrètement, cela engendre une conséquence importante : le message de l'intuition ne parvient pas au cerveau droit sous forme de langage. C'est ce qui en explique la soudaineté et l'étrangeté. Pour parvenir à notre conscience, il est ensuite traduit par le mental en passant du cerveau droit au cerveau gauche, *via* le corps calleux qui réunit les deux hémisphères. Il apparaît alors sous la forme que le mental a choisie pour l'interpréter. C'est ce qu'on appelle la « petite voix » ou le sixième sens.

Chacun possède sa propre relation avec sa petite voix. Cela peut être une compréhension instantanée et absolue, une image, un son, une sensation de chaleur ou de froid...

Dans tous les cas, il s'agit de capter quelque chose qui vient d'« ailleurs » et qui s'impose.

L'intuition désigne l'information perçue à travers un canal particulier mais pas la nature de l'information et son origine. Telle personne « entend » des paroles d'êtres décédés ou d'entités, on l'appelle alors un médium. Telle autre a des « flashs » en présence d'une autre personne, c'est alors un voyant. Les poètes, les musiciens, les écrivains et tous les artistes l'appellent l'inspiration. Quelqu'un qui « voit » les désordres physiques et les maladies est appelé guérisseur intuitif ou guérisseur chamanique. D'autres, enfin, ont de l'intuition au quotidien. Pourquoi pas nous ?

La seule chose que l'on peut dire avec certitude d'une intuition, c'est qu'elle est toujours juste. C'est même sa définition. Si elle se révèle fausse, c'est qu'il ne s'agit pas d'une intuition.

Le rejet de l'intuition

Le mental n'aime pas beaucoup l'intuition car, de son point de vue, elle possède un grave défaut : elle dit la vérité. Chaque mensonge créé, chaque hypnose déclenche une lutte intérieure entre le mental qui doit imposer sa vérité fallacieuse, et l'intuition qui ne peut s'empêcher de décrire *la* réalité. Le mental énonce : « Ton père est toujours sécurisant » ; alors que l'intuition s'écrie : « Cesse de te leurrer, il n'en est rien ! »

Pour résoudre le paradoxe, l'enfant n'a d'autre solution que de se couper de son intuition. Voilà pourquoi celle-ci a pratiquement disparu dès l'âge de quatre ans. Le mental utilise avec l'intuition la même stratégie qu'avec les émotions : une censure totale de ce qui menace l'intégrité du mensonge.

Lorsqu'il ne parvient pas à couper totalement ce canal, il le focalise sur une activité considérée comme « hors du monde utile » : la peinture, la musique, la bijouterie... tous ces domaines sont acceptés par le mental car, socialement, ce ne sont pas de « vraies » matières scolaires. Il permet donc la constitution d'une zone « sans mensonge ».

Si, par exemple, le mensonge central est « Interdiction de réussir », il est possible de réussir à créer des bijoux... tant que cela ne conduit la personne nulle part. Dès lors, elle développe un réel talent et, de cette manière, l'intuition est circonscrite à une seule activité. Ailleurs, le mensonge tient[1].

Malgré cela, certains enfants possèdent naturellement une intuition extraordinaire. Ils connaissent un tourment terrible car elle parvient à délivrer son message. Ils sont ainsi coupés en deux, prisonniers du mensonge qu'ils ont créé et à la fois conscients de sa fausseté. Ils sont souvent diagnostiqués comme « hyperactifs » et parfois mis sous médicament pour atténuer leurs symptômes.

S'il est impossible de définir l'intuition, il est néanmoins possible de décrire les « traces » qu'elle laisse, les sensations qu'elle procure. Lorsqu'elle se présente, les choses sont simples, fluides, d'une évidence au-delà de l'évidence, il n'y a aucune question et on se sent très vivant, comme pétillant. C'est comme si l'on constatait les choses au lieu de les pressentir. Si, par exemple, vous avez l'intuition que

---

1. Bien sûr, si elle décide d'en faire commerce, elle devra se saboter, puisqu'elle « exporte » son talent dans le monde reconnu comme « vrai ». C'est un phénomène que j'ai observé chez de nombreuses personnes que j'ai accompagnées.

le courrier que vous attendez est arrivé, vous le voyez déjà dans votre boîte aux lettres.

C'est un talent universel que tout le monde possède. Vers l'âge de quatre ans, il entre en opposition avec les modèles transmis par la famille, l'école, la société... Le rationalisme occidental, le cartésianisme nient cette perception et même la rejettent puisqu'elle ne peut être mesurée. Cette posture de rejet s'inscrit dans l'inconscient collectif. On apprend d'abord à ne plus écouter son intuition, puis à la fuir car elle est l'opposé de la raison. Le canal se ferme vite au profit de la perception *via* le mental. Cela est fort dommage car suivre l'intuition nous assurerait de toujours prendre la bonne décision, de prononcer la parole la mieux adaptée à la situation et, plus encore, d'être guidé dans la vie vers ce qui nous convient le mieux.

Retrouver son intuition perdue n'est pas l'une des dernières trouvailles du développement personnel, c'est bien plus : l'intuition met en connexion avec des projets inimaginables, que le mental ne pouvait envisager. Des possibilités qui donnent le vertige...

2. Nous sommes guidés

Grâce à l'intuition, nous recevons des informations de façon quasi « magique ». Dans cette forme particulière de laisser-aller, de disponibilité, les messages sont instantanés. Je marche dans la ville et je ressens soudainement l'impulsion d'entrer dans une librairie... et j'y trouve le livre que je recherchais depuis des mois « comme par hasard » ; je souhaite changer d'appartement et en visite un qui semble bien sous tous rapports, mais je sens instantanément que ce n'est pas « celui-là » ; sans raison particulière, je pense à l'un de mes amis, je l'appelle et il me transmet une information que je cherchais depuis plusieurs jours…

Plus nous nous sentons guidés, plus nous sommes prêts à suivre notre intuition instantanément. Au volant de notre voiture, cela ne nous pose aucun problème de sortir de l'itinéraire parce que nous nous sentons appelés dans une nouvelle direction, nous savons qu'un cadeau nous attend au bout de la route. Nous vivons dans la sensation que tout est parfait. Nous ne nous posons pas de questions car nous savons que celles-ci sont mentales et nous préférons recevoir directement la réponse avant même que la question ne soit posée. Nos objectifs se déterminent d'eux-mêmes. Nous sommes à l'opposé de la recherche cartésienne où nous évaluons nos forces et nos faiblesses, les opportunités et les contraintes… Notre intuition nous donne la réponse instantanément. Nous n'avons plus besoin de preuves ou d'arguments, nous percevons et savons au plus profond de nous-mêmes, nous sentons en nous le sceau de l'intuition : tout est fluide, simple, il n'y a aucune question et nous nous sentons vivants. Le tableau apparaît dans son entier, s'impose à notre conscience.

Les personnes qui nous aident et nous élèvent apparaissent grâce à des coïncidences incroyables et toute notre vie s'orchestre naturellement : activité professionnelle, lieu de vie, amis, loisirs… Chaque élément s'emboîte parfaitement dans l'autre, ce puzzle harmonieux et magique est sans cesse en mouvement, il bouge au fur et à mesure que nous évoluons, et tout cela sans que nous ne déterminions jamais un seul objectif. Cela paraît incroyable, mais c'est notre mental qui bloque. Lorsque « je » veux obtenir un résultat, « je » n'est que l'expression de mon mental. Dans le canal de l'intuition, il n'y a aucun vouloir, aucune envie de décider d'un chemin, d'une stratégie. Tout se fait « tout seul ».

Ce mode de vie est aujourd'hui mon quotidien. *Il y a plus de dix ans que je n'ai pas pris la moindre décision importante engageant mon avenir.* L'aventure de ce livre en est un magnifique reflet. La décision de l'écrire, son contenu, les personnes pour m'aider, l'éditrice… tout cela est apparu comme « par miracle », s'est présenté sur mon chemin sans que j'aie besoin de vouloir ou de chercher. Vivre ainsi est l'assurance de légèreté et de joies quotidiennes.

Un ballet permanent

Une intuition surgit. Notre prochain projet vient d'apparaître, nous le *savons*. Maintenant, quelles actions poser pour atteindre concrètement notre objectif ? Où ? Comment ? Avec qui ?

Après l'apparition de l'idée maîtresse, comme « par magie », *notre mental prend le relais*. C'est le moment de réfléchir, de penser. Et là, le mental devient fort utile. Nous élaborons donc une stratégie pour parvenir au but de la façon la plus simple et efficace possible ; celle qui nous apportera le résultat le plus élevé en nous coûtant le moins d'énergie.

Nous sommes dans le domaine de la matière, de la réalisation et notre mental y excelle. Il est parfait pour ouvrir un agenda et convenir d'une date, réserver un billet de train, composer un numéro de téléphone, ou encore prendre une scie, un marteau et des clous. C'est à ce moment que nous utilisons notre expérience, nos connaissances, nos capacités cognitives et créatrices : nous échafaudons, comparons, explorons… et nous posons des actions. Dès que nous commençons à réaliser concrètement notre projet, *des allers et retours permanents se mettent en place entre intuition et mental.*

Si nous avons la vision de la maison de nos rêves et que notre intuition nous guide vers l'emplacement où la construire, il nous faut ensuite passer à la réalisation : nous prenons contact avec un entrepreneur et, lorsque nous le rencontrons, nous percevons que ce n'est pas le bon. Nous écartons sa proposition et nous en contactons un autre jusqu'à trouver celui qui nous convient. Notre intuition est toujours en appui, en soutien de notre mental, c'est pour cette raison que nous avançons sereinement, que nous sommes en paix.

Dans l'intuition, la vie est plus vraie, plus profondément réelle. Les couleurs sont plus vives et nous nous sentons beaucoup plus vivants. Plus nous nous abandonnons à notre intuition, plus nos ressentis sont profonds. Plus nos perceptions sont subtiles, plus elles gagnent en puissance créatrice.

Comme un créateur de parfums affine son odorat et perçoit de plus en plus nettement des fragrances délicates, nous prenons conscience de la puissance incroyable de l'immatériel.

Par ailleurs, ce canal est à double sens : il permet de recevoir mais aussi d'émettre. De façon intangible, presque irréelle, nous pouvons adresser une demande à l'univers. Par ce canal, nous utilisons l'univers de la même façon qu'Aladin commandait au génie de la lampe. Il va de soi que le souhait n'est pas effectué par le mental. Cela part directement du cœur, c'est un élan lumineux et léger, formulé dans une insouciance totale, cela met en branle l'univers dont la complexité et la capacité de réponse sont infinies. Des concours de circonstances incroyables adviennent, des « hasards » improbables surgissent. L'univers conspire à notre réussite.

♦ Mélanie doit déménager. Lors d'une promenade dans sa ville, elle passe sur une place et son regard s'arrête sur un appartement situé dans un immeuble, au-dessus d'une boutique. Instantanément, elle sait : c'est là qu'elle va habiter. Ignorant comment procéder, elle entre dans le magasin et s'adresse à la patronne :

— Bonjour, savez-vous si l'appartement au-dessus est à louer, s'il vous plaît ?

— C'est amusant, j'en suis la propriétaire. Il n'a jamais été loué mais, voici quinze jours, j'ai décidé de le faire et d'entamer des travaux pour cela.

Un mois plus tard, Mélanie y emménageait. On remarque le cheminement de l'énergie hors de toute volonté avérée.

Elle n'a aucun souvenir d'avoir demandé quoi que ce soit, et pourtant, sans qu'elle en ait conscience, elle a formulé sa requête. La suite semble improbable aux yeux du mental, incapable d'appréhender l'incroyable puissance de cette énergie subtile.

Les manifestations de l'intuition

Il existe de nombreux livres et de nombreux stages pour s'ouvrir à son intuition. C'est en effet une capacité qui se développe et se travaille. Cela demande de l'entraînement car il convient de s'ouvrir à l'intangible, au subtil, comme on chercherait un nouveau son ou une nouvelle couleur. Dans un premier temps, l'intuition est une chose qui nous est totalement étrangère. Il faut apprendre à se connaître et découvrir la façon dont l'intuition se présente, notamment en fonction du sens avec lequel nous avons des perceptions privilégiées. Quelqu'un qui est majoritairement olfactif dira d'une situation à fuir : « Ça sent le roussi » ; une personne visuelle dira : « Cela m'est apparu, je l'ai vu clairement » ; un auditif s'exclamera peut-être : « J'ai entendu une voix au milieu de la poitrine » ; un kinesthésique : « Je le sens bien » ; enfin, un gustatif aura peut-être un goût amer dans la bouche pour l'informer d'une situation indésirable.

Au départ, il est recommandé de trouver le domaine où s'exprime son talent. Une personne douée pour la cuisine devra s'exercer dans ce registre en premier lieu, par exemple en essayant de créer ses propres recettes. Mais qu'il s'agisse de business, de couture, de sport ou de musique, tout est bon pour chercher et s'entraîner. Au fur et à mesure, cette sensation très subtile devient de plus en plus familière. On apprend à « l'entendre ». Et l'on entre dans un cercle vertueux : l'écoute et la pratique de l'intuition apportent la confiance ; la confiance renforce la volonté d'écouter son intuition.

Comme le disait Steve Jobs, le créateur d'Apple : « Ayez le courage de suivre votre cœur et votre intuition. L'un et l'autre savent ce que vous voulez réellement devenir. Le reste est secondaire. »

---

3. « Je » est un autre

Nous pouvons nous sentir en parfaite sécurité dans un monde de peur, de compétition, de stress et de violence. Cela est possible car notre vérité est à l'intérieur. La joie ou la peur sont *en* nous. Nous en sommes le projecteur. La question est : *qui* projette ? Qui est ce « nous » ?

Retrouver notre intuition suppose de prendre conscience d'une vérité fondamentale, structurante mais terrible : nous ne sommes *pas* nous.

Lorsque naît l'enfant, son mental est vierge. Il ne pense pas. Pour autant, il existe. Ses pensées s'élaborent au fur et à mesure que le réseau se complexifie. Sa personnalité se construit en fonction de l'arborescence des fichiers sur le disque dur. Il en est ainsi de chacun de nous : nos affinités, notre caractère, nos goûts sont la résultante de l'organisation des fichiers entre eux. Ce réseau hypercomplexe finit par former une personnalité : l'ego. Il est la résultante de centaines de milliers de pensées enchevêtrées… pour autant, ce ne sont que des pensées.

Nous vient-il à l'esprit, lorsque notre GPS « parle » pour indiquer la direction, qu'il s'agit de quelqu'un ? Non, bien sûr, il ne s'agit que d'un programme informatique élaboré. De la même façon, notre ego est un programme organique élaboré. Très élaboré. D'une complexité presque infinie. Tellement sophistiqué qu'il parvient à se penser et à se concevoir lui-même comme une entité. *Ce que nous appelons « je » n'est qu'un assemblage infiniment élaboré de pensées qui se pensent. « Je » n'est pas moi.*

Il nous est possible de toucher cela du doigt en faisant l'expérience de l'intelligence émotionnelle. Si nous parvenons à nous dissocier, à nous désidentifier de nos émotions, si nous passons de « Je suis triste » à « Il me faut faire le deuil de quelque chose[1] », l'émotion perd son pouvoir sur nous. Nous la transmutons en la considérant comme un message qui nous traverse et disparaît. Nous ne sommes pas notre émotion. « Je » n'est pas triste. Je ne suis pas ma tristesse.

Si cela est (relativement) aisé d'en faire l'expérience avec l'émotion, c'est chose plus difficile avec le mental car, lorsque « je » écrit ces lignes, j'existe. Je sais bien qui je suis. Je suis moi. Je suis André. J'aime la nature, contempler une peinture, chanter, j'aime boire une coupe de champagne, je déteste la méchanceté. C'est bien moi. Je me considère moi. Et pourtant non. Ce n'est qu'illusion.

---

1. C'est là le message de la tristesse : il y a quelque chose que je dois laisser partir.

L'illumination[1] qu'expérimente un maître spirituel démontre bien cela : il part d'un gigantesque éclat de rire qui peine à s'arrêter car il « voit » que ce qu'il croyait être lui n'est qu'une gigantesque farce. Il découvre comme tout est simple et il se demande comment il a pu faire autrement que de voir la Réalité. En un instant transcendantal, il a cessé de s'identifier à son mental. Il est redevenu Qui Il Est Vraiment.

Plus nous nous entraînons à percevoir notre intuition, plus notre mental « perçoit » cet autre canal et cède facilement la place à notre identité réelle, à celui ou celle Que Nous Sommes Vraiment. Il devient alors possible de connaître de « mini-illuminations ». En tant qu'accompagnant, lorsque je suis parfaitement aligné avec la personne que je reçois, je m'écoute parler. Réellement. Une voix sort de ma bouche et ce n'est pas moi qui parle. « Cela » descend, me traverse. Au départ, c'est une expérience étrange… et pourtant, en réalité, c'est Qui Je Suis Vraiment qui est en train de s'exprimer. Mais si la voix qui sort de la bouche d'André est *vraiment la sienne* tout en émanant d'ailleurs, alors André n'est pas André. C'est à devenir fou. Je ne suis pas moi.

Laissons l'écrivain Eckhart Tolle nous faire vivre l'expérience de sa prise de conscience et de la désidentification

---

1. L'illumination, ou encore l'éveil spirituel (le terme « bouddha » signifie l'« éveillé »), désigne la désidentification à l'ego et l'avènement d'une nouvelle conscience unifiée avec l'univers ou le divin, selon les croyances.

qui s'ensuivit. À vingt-neuf ans, il se réveille en proie à une terreur nocturne avec une pensée qui tourne en boucle :

« "Je ne peux plus vivre avec moi-même." Cette pensée me revenait sans cesse à l'esprit. Puis, soudain, je réalisai à quel point elle était bizarre. Suis-je un ou deux ? Si je ne réussis pas à vivre avec moi-même, c'est qu'il doit y avoir deux moi : le "je" et le "moi", avec qui le "je" ne peut pas vivre. Peut-être qu'un seul des deux est réel, pensai-je. Cette prise de conscience étrange me frappa tellement que mon esprit cessa de fonctionner. J'étais totalement conscient, mais il n'y avait plus aucune pensée dans ma tête. Puis, je me sentis aspiré par ce qui me sembla être un vortex d'énergie. Au début, le mouvement était lent, puis il s'accéléra. Une peur intense me saisit et mon corps se mit à trembler. J'entendis les mots "Ne résiste à rien", comme s'ils étaient prononcés dans ma poitrine. Je me sentis aspiré par le vide. J'avais l'impression que ce vide était en moi plutôt qu'à l'extérieur. Soudain, toute peur s'évanouit et je me laissai tomber dans ce vide. Je n'ai aucun souvenir de ce qui se passa par la suite.

« Puis les pépiements d'un oiseau devant la fenêtre me réveillèrent. Je n'avais jamais entendu un tel son auparavant. Derrière mes paupières encore closes, ce son prit la forme d'un précieux diamant. Oui, si un diamant pouvait émettre un son, c'est ce à quoi il ressemblerait. J'ouvris les yeux. Les premières lueurs de l'aube fusaient à travers les rideaux. Sans l'intermédiaire d'aucune pensée, je sentis, je sus, que la lumière est infiniment plus que ce que nous réalisons. Cette douce luminosité filtrée par les rideaux était l'amour lui-même. Les larmes me montèrent aux yeux. Je me levai et me mis à marcher dans la pièce. Je la reconnus et, pourtant, je sus que je ne l'avais jamais vraiment vue auparavant. Tout était frais et comme neuf, un peu comme si tout venait d'être mis au monde. Je ramassai quelques objets, un crayon, une bouteille vide, et m'émerveillai devant la beauté et la vitalité de tout ce qui se trouvait autour de moi[1]. »

Qui est aux commandes ?

Nous sommes un véhicule avec un seul poste de commande et deux conducteurs possibles : notre intuition et notre mental (ce que nous appelons « nous »). Hélas, nous nous sommes identifiés à notre pseudo-identité. Nous croyons que nous sommes, alors qu'il ne s'agit que d'un programme de pensées. En revanche, laisser les commandes à l'intuition est une expérience extraordinaire. Nous sommes alors portés par la vie. Les expériences, les bonnes personnes, tout arrive impeccablement. Il y a quelque chose de frais et de simple à vivre cette vie car *nous ne sommes plus aux commandes*.

♦ Laëtitia, une peintre que j'ai accompagnée, cherchait un moyen de découper des disques en acier pour peindre dessus. Quelques jours après avoir émis cette idée, elle rencontre dans une soirée un industriel qui réalise exactement ce genre de travail. Non seulement il propose de l'aider, mais, en comprenant ce qu'elle désire, il évoque des possibilités qu'elle n'avait pas même imaginées, lui ouvrant un nouvel horizon…

---

1. Eckhart Tolle, *Le Pouvoir du moment présent*, traduction d'Annie J. Ollivier, Montréal, Ariane, 2000.

J'ai beau savoir intellectuellement qu'il n'en est rien, je crois toujours que je suis André. J'ai (mon mental a) la sensation, de nombreuses fois dans la journée, de laisser les choses advenir toutes seules. Si par exemple j'ignore (mon mental ignore) où passer mes prochaines vacances, je confie cela (mon mental confie cela) à mon intuition. Dans les jours qui suivent, je vais recevoir (mon mental va recevoir) des signes. Il ne me reste plus (il ne reste plus à mon mental) qu'à suivre la direction qui m'est offerte (qui est offerte à mon mental). Vivre sans décisions ? Un régal !

Comment opérer concrètement pour mettre notre intuition aux commandes ? Tout d'abord et avant tout en cessant de *vouloir*. L'intuition est toujours présente, c'est le mental occupant l'espace qui l'empêche de se présenter, qui reste aux commandes du véhicule. Accéder à notre intuition, c'est faire en sorte que le mental se retire. On dit que l'homme a quitté le paradis le jour où il a voulu décider lui-même. Autrement dit, le jour où il a donné la prédominance au mental plutôt qu'à l'intuition. « Je veux » est la meilleure manière de rester dans son mental : « Je veux posséder ; je veux faire ; je veux avoir raison ; je veux réussir ; je veux le pouvoir ; je veux de l'amour… Ah oui, par-dessus tout, je veux de l'amour. » Remplaçons chaque fois ce « je » par « mon mental » : « Mon mental veut réussir » est la formulation exacte. Nous retrouvons bien sûr la zone de confort qui est zone de contrôle : « Je veux contrôler ma vie. »

Pour que notre mental cède la place, il faut cesser de le nourrir. Le plus simple est de revenir au monde extérieur. Bien qu'il doive son existence à nos cinq sens, le mental s'en est détaché pour tourner sur lui-même, une pensée en entraînant une autre, puis une autre, puis une autre... Un vouloir en entraînant un autre, puis un autre, puis un autre... Plus de reconnaissance, plus d'amour, plus d'argent, plus de vêtements, plus de pouvoir...

♦ Violaine m'appelle à l'aide un jour de grande souffrance, de profonde angoisse :

— Je ne sais plus comment faire, j'ai l'impression que je vais mourir !

— Avez-vous un objet avec vous ? lui demandai-je après quelques exercices de respiration.

— J'ai un crayon juste devant moi.

— Très bien, je vous demande de regarder ce crayon, de vous concentrer dessus... estimez sa dimension en centimètres... examinez intensément sa couleur... voyez ses reflets... sentez sa consistance sous vos doigts...

Je l'emmène petit à petit dans une réelle présence à ce crayon. Au bout d'une à deux minutes, je lui demande si elle est pleinement focalisée sur lui.

— Oui, me répond-elle.

— Alors, maintenant, observez : vous avez cessé de souffrir.

Ce simple exercice que j'appelle « le refuge dans l'instant présent » est bluffant : *il suffit que nous utilisions l'un de nos*

*cinq sens à 100 % pour que notre mental cesse de fonctionner
en boucle.* C'est une chaîne de cause à effet : si mon intuition
est à la barre, je remarque que je suis présent à mes sens ;
par conséquent, si je suis présent au monde en utilisant mes
sens, mon intuition prendra les commandes.

Si, durant notre journée, nous sommes réellement présents à ce que nous faisons, si nous cessons de vouloir, nous
connaissons de grands moments de paix. Les peurs ont arrêté
de peser sur nous.

Cet acte de présence aux cinq sens et au monde extérieur s'accompagne obligatoirement de la conscience.
Le manque de conscience est le résultat d'un mental qui
tourne sur lui-même. Si nous sommes réellement présents
à ce que nous faisons, nous sommes conscients de ce que
nous faisons. Il en va de même lorsque nous parlons ou
pensons. Dans cet état d'être, nous prenons conscience
que nous glissons dans la plainte ou le drame. Immédiatement, nous revenons à notre présence. *Remplaçons nos
pensées par notre ressenti.*

Dans la rue, nous voyons les arbres, nous les regardons ;
nous sommes attentifs aux personnes que nous croisons ;
nous sentons les parfums, parfois les mauvaises odeurs ;
nous avons conscience du trottoir sous nos pieds, nous
sommes attentifs à l'énergie que nous émettons car nous
savons que nous allons recevoir ce que nous avons donné.
Au supermarché, nous regardons la caissière, nous lui sou-
rions, nous prenons conscience, dans cette seconde où elle
nous regarde, d'un petit espace ainsi formé et dans lequel

nous pouvons envoyer de la chaleur humaine. De retour chez nous, en préparant notre repas du soir, nous sentons la présence de la pomme de terre que nous épluchons, nous avons conscience de la pression de notre main sur le couteau, nous ressentons le plaisir enfantin qui monte en nous. En étant branchés sur l'amour, instant « banal » après instant « banal », nous mesurons l'amour que nous recevons en retour et la paix qui se dégage d'un simple geste.

La fée Clochette

Il existe un être magnifique pour quitter le « vouloir » : la fée Clochette. Je l'adore ! Elle est à mes yeux le personnage central de l'histoire de Peter Pan. C'est par elle que la magie opère ; sans elle, impossible de voler et de rejoindre le pays imaginaire : légère, insouciante, spontanée, espiègle et impertinente, c'est mon héros préféré !

Un monde magique existe sous nos pieds, à nous de le saisir. La fée Clochette en est le symbole ; elle permet à tout moment de quitter le vouloir et son acolyte : le sérieux.

Ce monde du mental est magnifiquement décrit par Alan Watts, lorsqu'il écrit : « La vie est un jeu dont la règle numéro un est : ceci n'est pas un jeu, soyons sérieux[1]. » Combien de fois par jour le sérieux nous dicte-t-il sa tyrannie ? Combien de fois avons-nous entendu : « Allons, un peu de sérieux, s'il vous plaît ! » ? Au nom de quoi devrions-nous être sérieux ? Jésus le disait en son temps : le royaume des cieux est à ceux qui sont comme des enfants.

---

1. Cité par Paul Watzlawick dans *Faites vous-même votre malheur*, Paris, Éditions du Seuil, 1990.

Le sérieux peut amener la réussite, il ne nous conduira jamais au bonheur. Ce à quoi nous portons attention devient notre réalité. Si nous voulons réussir pour posséder, soyons effectivement sérieux, mais, finalement, que récolterons-nous ? De l'argent et du confort, uniquement. Le savetier de Jean de La Fontaine retournant chez le financier nous le rappelle : « Rendez-moi mes chansons et mon somme, et reprenez vos cent écus. »

Du bonheur à la joie

Comment cesser d'être dans la volonté ? Si l'on nous dit : « Il ne faut pas penser à un nuage rose »… l'effet contraire est immédiat. Par contre, si l'on nous demande de nous concentrer sur une tasse jaune, au moment où nous le faisons, nous ne pensons plus au nuage.

Et si nous décidions de porter la focale de notre vie sur le bonheur ? Nous pourrions à chaque instant poser la question : « Cette action, cette parole me rapprochent-elles ou m'éloignent-elles de mon bonheur ? » En 1972, le roi du Bhoutan a décidé de remplacer le PIB par le BNB, le « Bonheur national brut ». Son but était de bâtir une économie au service de la culture et du bonheur. Le BNB sert de guide pour établir les plans économiques et le développement du pays dont le PIB (Produit intérieur brut) n'est plus qu'un élément secondaire.

Le bonheur est atteignable, mais cela exige de la discipline pour y parvenir : le bonheur est une décision. Le dalaï-lama a traversé bien des épreuves dans sa vie, et pourtant, à chacune de ses apparitions télévisuelles, on le voit rire. C'est un choix.

Décidons d'être heureux et devenons des fées Clochette. Soyons légers. Soyons enfantins[1]. Vivons pleinement notre vie en étant présents. « La vie se vit, elle ne se pense pas[2]. » Dans cet état d'être, nous émettons de la joie et de l'amour. Assurément, nous en recevrons en retour car nous sommes alors aussi légers dans nos demandes : « Ce serait agréable si l'univers m'envoyait un emploi plus intéressant » ; « J'aime bien l'idée que je vais passer des vacances enrichissantes cette année ». Ce type de formulation nous aide à nous détacher du résultat, du vouloir. Nous « lâchons l'affaire ». Comme si notre mental s'adressait à notre intuition : « Vas-y, à toi de jouer. » Nous répartissons ainsi les tâches : notre mental s'occupe d'être présent, d'être léger… et notre intuition s'occupe de notre vie. De véritables miracles commencent à se manifester, nous réalisons que nous sommes guidés par des signes discrets qui nous conduisent à des hasards improbables et incroyables.

◆ Les enfants de Cédric désiraient un chat. À plusieurs heures d'intervalle, ils allument la télévision : à deux reprises, des images de mammouths apparaissent à l'écran. Ils vont à la SPA où la responsable du refuge leur explique qu'il n'y a aucun chat à adopter en ce moment… « Ah, attendez une seconde, peut-être y en a-t-il un, dit-elle en examinant son registre. Oui, il est là, nous l'avons appelé Mammouth. » Bien sûr, c'était le leur…

---

1. Il convient de différencier les termes « enfantin » et « infantile ». Lorsque je suis infantile, je me plains pour obtenir.
2. David Komsi, *Le Pouvoir de l'attraction* (disponible gratuitement en ligne : <http://www.plumebleue.ch/attraction.htm>).

◆ Stéphanie habite Strasbourg ; elle doit se déplacer à Paris. Elle trouve un covoiturage pour l'aller mais n'a pas l'argent pour payer le voyage retour. « Ce serait agréable si l'univers s'occupait de cela », lance-t-elle. Au cours d'un arrêt sur une aire d'autoroute, alors qu'elle boit un café avec les deux autres passagers, un homme s'adresse à eux :

– Pardonnez-moi de vous déranger, j'ai besoin d'un service. Je viens de subir un contrôle radar et de perdre mes derniers points sur mon permis, je suis bloqué ici. L'un de vous aurait-il la gentillesse de conduire ma voiture jusqu'à Paris ?

– Bien volontiers, répond Stéphanie.

Après avoir payé son premier chauffeur, elle transfère son sac dans une magnifique Mercedes, conduit la personne à son adresse dans Paris, qui se trouve être à 500 mètres de l'endroit où elle va… Et reçoit pour son service la somme de 100 euros.

La vie en présence, sans vouloir, sans attente de résultats, ouvre la porte aux miracles. Tout le monde a accès à ce monde de merveilles, en réalité c'est le monde de la simplicité et du non-vouloir, rien de plus, rien de moins. N'imaginez pas que je vous décris un monde déconnecté de la réalité, au contraire c'est LA réalité que nous ne voyons pas.

Les « signes » n'arrivent pas tout le temps, mais quand on en a besoin. Une posture intérieure adéquate permet d'en vivre une quantité impressionnante pour ceux qui découvrent cette nouvelle façon d'être au monde.

Nous déchargeons notre mental de nos attentes et de nos décisions ; notre vie peut alors devenir une sorte de danse avec l'univers. Comme un enfant dans un jeu de piste, nous suivons les indications de notre intuition. Les nouveaux projets et les nouvelles personnes apparaissent comme des feux d'artifice éblouissants et malicieux. Nous réfléchissons (donc avec notre mental) aux meilleures stratégies, guidés là encore par notre intuition. Mental et intuition deviennent complémentaires, complices. Nous posons les actions adéquates, à l'écoute de nos émotions. Tout est fluide, simple, léger, nous sommes connectés à l'amour, à notre joie enfantine, à la confiance : l'univers s'ouvre devant nous comme la mer Rouge devant Moïse et le peuple hébreu.

Nous sommes déconnectés des contingences matérielles. Notre état intérieur ne dépend plus de ce que nous avons, de ce que nous faisons, ni même de ce que nous savons. Nous sommes au monde dans notre essence la plus profonde. Il arrive parfois que des circonstances douloureuses provoquent ce basculement. Nous possédons le témoignage de personnes en phase terminale de cancer ou de prisonniers de camps de concentration qui contractent cette joie inaltérable parce qu'il n'y a plus rien d'autre à faire que de renoncer à toute idée d'attachement égotique.

Lorsque nous dansons avec la vie, nos peurs deviennent progressivement un lointain souvenir. Nous regardons avec beaucoup de tendresse cet ancien « nous » qui avait peur de manquer, peur d'être pauvre, peur d'être déconsidéré, peur d'être agressé, peur de se lancer… Nous émettons sans cesse des ondes d'amour qui rayonnent autour de nous ; nos proches absorbent ces énergies car la joie, la positivité et l'audace sont contagieuses.

Non seulement nous ne nous plaignons plus, mais nous aidons les autres à s'élever au-dessus de leurs peurs et de leurs limites. Nous remarquons d'ailleurs, lorsque nous sommes en paix et en équilibre, qu'il n'existe pas de plus grand bonheur que de donner. Quelle joie d'offrir un brin de lumière à quelqu'un et de le voir progresser et s'épanouir ! Le plus grand miracle est que, pour contempler cela, il n'y a rien à faire. Il suffit d'*être*. Juste en irradiant notre amour, nous recevons ce genre de cadeaux : « Comme je me sens bien quand je viens chez toi ! », ou encore : « Cela m'a fait beaucoup de bien de te parler » ; « J'ignore comment cela se fait, mais chaque fois que je te vois, je me sens mieux »... La raison en est que nous n'avons plus d'attentes, que nous ne véhiculons plus d'ondes de peur, que nous ne cherchons plus à avoir raison, à dominer l'autre, à récriminer, à médire d'une tierce personne, à vouloir montrer ce que nous ne sommes pas, à vouloir obtenir de la reconnaissance ou une validation. Nous sommes.

4. Plonger dans le réel

Notre vraie nature est la joie et le bonheur. Elle a été altérée par une accumulation de mensonges et de peurs. Des générations et des générations d'êtres humains ont été corrompues, projetant leurs peurs intérieures et créant ainsi des peurs extérieures. Ces dernières, à leur tour, ont renforcé leurs frayeurs internes… Cette ronde infernale les a écartés de plus en plus de leur nature profonde.

Si l'humanité parvenait à dissoudre ne serait-ce que la moitié de ses peurs internes, nous pourrions rapidement inverser la tendance et construire une société tournée vers le bonheur et le partage. Plus les adultes se libéreraient de leurs propres peurs, moins ils les transmettraient à leurs enfants. Plus ils se reconnecteraient à leur intuition et plus ils établiraient leur vie dans le registre de l'amour, cherchant à construire un monde où chacun trouve sa place en fonction de sa nature profonde.

Nous pouvons concevoir un tel monde. Nous imaginons sans cesse que le pire va arriver. Et si l'on essayait d'imaginer le meilleur ?

L'enfant y est encouragé dès son plus jeune âge pour découvrir son habilité naturelle. Ses parents l'ont déjà sensibilisé, éduqué au développement de son intuition. La scolarité enseigne la socialisation, la vie en groupe, la collaboration et le soutien mutuel. L'objectif est qu'il développe son talent. Il est soutenu dans les activités qui l'attirent et qui lui correspondent le mieux. C'est comme un appel irrésistible que l'école encourage car il est évident pour tous que chacun est sur terre pour créer et pour le faire de manière unique.

Si nous voulons voir un être humain s'étioler, empêchons-le de créer. Les psychologues du travail ont remarqué que, dans les emplois les plus structurés, l'individu cherche toujours à « mettre sa patte », à inventer. Plus l'espace d'inventivité est étroit, plus la personne s'appauvrit et se fane. Dans le monde de l'intuition et de la présence, la créativité est centrale. Qu'elle s'épanouisse dans une activité artistique comme la sculpture, la musique, ou plus abstraite comme l'enseignement, la recherche en mathématiques, le principe de départ reste le même : apprendre les bases. Ensuite, les compétences se développent par la pratique et l'apprentissage. À force d'expériences, chacun devient un expert dans son domaine. Tout cet apprentissage est accompli par le mental : chaque expérience, chaque compétence nouvelle est gravée. Durant ce processus, les émotions guident : chaque émotion positive invite à progresser, et chaque émotion négative vient révéler en quoi la situation est indésirable et comment rectifier.

Dans un tel monde, quelque chose de merveilleux se déploie : nous ne sommes plus aux commandes, autrement dit notre mental n'est plus aux commandes. Notre conscience passe, « glisse » du mental à l'intuition. Le sculpteur *sait* où donner le coup de marteau, avec quelle inclinaison du ciseau et quelle intensité, sans qu'aucune réflexion, aucune pensée ne soit présente. Il se regarde créer, juste témoin de la création… Et elle est parfaite. C'est comme si la sculpture était une entité ayant pris possession de lui et qu'elle l'utilisait comme un outil. Il se produit une osmose, une alchimie d'où naît la perfection. Il n'y a aucune attente de résultat et bien sûr aucune attente de reconnaissance, d'enrichissement ou de célébrité. L'artiste lui-même ressent l'émerveillement et la joie, il vit dans un monde féerique, connecté à sa nature profonde. Il n'y a que le déploiement du beau. Chaque création est un chef-d'œuvre. Chacune est porteuse de l'énergie que le créateur lui a insufflée.

L'amour intégré dans la confection d'un plat est éprouvé par les convives. Pareillement, une impalpable esthétique est présente dans une sculpture, perçue par tous.

Dans un tel monde, nous exprimons notre vraie nature. Nous vivons dans l'abondance : chaque chose apparaît au moment opportun, c'est-à-dire à l'instant où nous en avons besoin. Nous sommes authentiques, nous nous épanouissons, nous nous élevons en permanence. Le mental ne prend aucune décision, ce qui signifie que *nous ne prenons plus aucune décision avec notre volonté personnelle*. Fluide et évidente, la vie se déplie à chacun de nos pas.

Dans ce monde, enfin, si nous ressentons la peur, c'est qu'elle est justifiée par un danger réel.

Nous n'éprouvons aucune peur de l'inconnu, aucune peur du changement ! Il n'y a plus que de l'expérience. Si nous devons nous aventurer au-delà de notre zone de connaissances, c'est que notre intuition nous y invite ; c'est donc la meilleure chose qui puisse nous arriver à cet instant. Il n'y a plus aucune appréhension. Seules demeurent la découverte et la création du beau.

Vivre une vie libérée des peurs n'est nullement utopique. Parvenir à ce stade ne relève ni du prodige, ni de facilités. C'est un chemin de progression accessible à tous. Dès que nous avons pris conscience que la peur n'est nullement une chose inéluctable, extérieure à nous et dont nous sommes la proie, nous pouvons passer de la passivité à l'action, de la culpabilité à la compassion.

Le premier pas sur ce chemin du changement consiste à *décider* de changer. Goethe l'exprimait déjà : « Dès que nous prenons un engagement ferme, des événements positifs commencent à se réaliser. » Il convient donc d'émettre une intention claire : « C'est décidé, je reprends le pouvoir, je me libère de mes peurs et j'avance vers mon bonheur ! » Ensuite, à partir de la façon dont se manifestent nos peurs (ce que les psychologues appellent les symptômes), nous en identifions la cause, l'origine ; nous comprenons les raisons pour lesquelles nous avons dû construire nos mensonges.

Il est judicieux de solliciter l'aide d'un professionnel car la tache aveugle nous empêche de voir la poutre qui est dans notre œil. Cette étape nous permet d'identifier toutes les parts énergétiques que nous avons à rendre à nos parents, et peut-être à d'autres personnes (frères ou sœurs, grands-parents, conjoint actuel, ex-conjoints…). Nous pourrons alors les leur restituer selon la méthode thérapeutique que nous aurons choisie.

Dès cet instant, la vie change. Nous nous sentons plus libres, plus détachés ; les personnes, les situations qui nous stressaient, nous envahissaient, nous mettaient en colère ne nous atteignent plus, cela « glisse » désormais sur nous. Nous trouvons presque risible la façon dont nous réagissions. Nous sommes presque indifférents au regard des autres sur nous, nous vivons notre vie, nous avançons vers toujours plus de bien-être et les obstacles ne nous semblent plus insurmontables. Face à un mur, nous trouvons la porte ou bien nous faisons le tour. La vie n'est pas encore miraculeuse mais nous avons déposé la plus grosse partie de nos fardeaux.

Une nouvelle contrée s'ouvre à nous, celle des « programmes délibérés » (et non plus « par défaut ») et de l'audace. Sortir de notre zone de confort devient un challenge amusant. Nous apprenons avec joie car ces apprentissages servent notre bonheur. Nous sommes disciplinés et nous découvrons avec surprise que cette discipline est douce. Nous pouvons vivre dans l'effort, tout en étant dans la bienveillance et le plaisir que procure cet effort. Nous éprouvons de la gratitude pour tous les échecs qui jalonnent notre nouvelle vie. Nous développons chaque jour notre intuition, nous nous en émerveillons comme des bambins dans un jardin d'enfants.

Nous progressons, nous changeons… et ce voyage a pu commencer parce que nous avons regardé nos peurs en face.

Quelques phrases clés du chapitre IV

◊ L'intuition est totalement étrangère au mental. C'est son immense force.

◊ Notre réalité est totalement tronquée et, par conséquent, notre modèle du monde est forcément faux. Ce que je perçois est *ma* vérité.

◊ L'intuition véhicule de l'information pure : il existe *une* vérité, l'intuition y a accès.

◊ Le mental n'aime pas beaucoup l'intuition car elle possède de son point de vue un grave défaut : elle dit la vérité.

◊ L'intuition est un talent universel que tout le monde possède.

◊ Grâce à l'intuition, nous recevons des informations de façon quasi « magique ». Nous sommes guidés.

◊ Le mental prend le relais de l'intuition. Et des allers et retours permanents se mettent en place entre intuition et mental.

◊ Retrouver notre intuition suppose de prendre conscience d'une vérité fondamentale, structurante et terrible : nous ne sommes pas nous. Ce que nous appelons « je » n'est qu'un assemblage infiniment élaboré de pensées qui se pensent. « Je » n'est pas moi.

◇ En faisant l'expérience de l'intelligence émotionnelle, nous transmutons notre émotion en la considérant comme un message qui nous traverse et disparaît. Nous ne sommes pas à notre émotion. « Je » n'est pas triste. Je ne suis pas ma tristesse.

◇ Nous sommes un véhicule avec un seul poste de commande et deux conducteurs possibles : notre intuition et notre mental (ce que nous appelons « nous »).

◇ Il y a quelque chose de frais et de simple à vivre cette vie quand nous ne sommes plus aux commandes. Vivre sans décisions est un régal ! Comment faire ? En cessant de *vouloir*.

◇ Il suffit que nous utilisions l'un de nos cinq sens à 100 % pour que notre mental cesse de fonctionner en boucle. Remplaçons nos pensées par notre ressenti.

◇ La vie en présence, sans vouloir, sans attente de résultats, ouvre la porte aux miracles. Nous déchargeons notre mental de nos attentes et de nos décisions. Notre vie peut alors devenir une sorte de danse avec l'univers.

COMPRENDRE LES PEURS ET S'EN LIBÉRER : LES ÉTAPES

Se réconcilier avec ses peurs

1. Ne cherchons pas la cause de nos peurs à l'extérieur, elles viennent de l'intérieur.

2. Nous créons nos peurs avec une intention positive.

3. À la naissance, nous avons absolument besoin de l'amour de notre mère et de la sécurité de notre père.

4. Il nous est impossible d'accepter la défaillance de l'un de nos parents car nous y perdrions l'amour ou la sécurité.

5. Nous préférons nous accuser de ce que nous subissons pour conserver l'illusion de l'amour et de la sécurité.

6. Nous nous hypnotisons nous-mêmes pour transformer la réalité. Nous créons ainsi des mensonges auxquels nous obéissons.

7. Chaque mensonge génère une peur : peur d'être jugé, rejeté, de réussir...

8. C'est plus fort que nous, impossible de contredire le mensonge : s'il dit que nous sommes nuls, nous le devenons.

9. Si malgré tout nous parvenons à contredire le mensonge, nous devons nous saboter : s'il nous est interdit de réussir et que nous réussissons quand même, nous nous débrouillons pour perdre ce que nous avons acquis.

10. En comprenant l'origine et la raison d'être de nos peurs, il est possible de s'en libérer !

11. En nous libérant, nous nous ouvrons au monde de l'intuition qui nous guide parfaitement.

12. Être libre permet d'oser à chaque instant de notre vie, de construire notre bonheur dans un monde sans peur.

Pour entrer en contact avec l'auteur :
rubrique « contact » sur le site
<http://andrecharbonnier.com/>

Remerciements

Merci à Frédéric Lenoir pour m'avoir insufflé l'idée d'écrire ce livre. Merci à Anne Ducrocq qui, par sa présence, son soutien et son investissement, a permis qu'un écrit devienne un vrai livre. Merci à Sarah Casquet, dont la finesse de vision a fluidifié mes propos tout en les rendant plus précis. Merci enfin à tous ceux que je ne peux citer ici, qui ont croisé ma route et apporté leur pierre à la construction que j'édifiais. Tous m'ont permis de vérifier le bien-fondé de l'adage qui guide ma vie : « Fais de chaque personne que tu rencontres un maître de sagesse. »

Table

RÉALISATION : NORD COMPO À VILLENEUVE-D'ASCQ
IMPRESSION : MAURY IMPRIMEUR À MALESHERBES (45)
DÉPÔT LÉGAL : MARS 2016 - N° 130976-5 (229844)
IMPRIMÉ EN FRANCE